文春文庫

おでかけ料理人

おいしいもので心をひらく

中島久枝

文藝春秋

contents

目次

おでかけ料理人

おいしいもので心をひらく

一話　かすていらは甘い薬

1

十六歳の佐菜(さな)は日に何度も飯を炊く。

最初の飯は、夜明けすぐ。神田の借家でおばあさまと自分の朝餉(あさげ)のためである。歯の悪いおばあさまのためにやわらかめに炊いた白飯に、大根の味噌汁、佃煮とぬか漬けを添える。おかずは少ないが、ほかほかと湯気をあげる炊き立てのご飯と熱い味噌汁にまさるご馳走はない。

おばあさまは姿勢よく、美しい所作でゆっくりとご飯をいただく。佐菜はぱっぱと食べて家を出る。

次は、神田駿河台のお能の囃子(はやし)方(かた)、大鼓(おおつづみ)の石山流宗家で一人息子、専太郎(せんたろう)の朝飼である。六歳の専太郎は魚全般、緑と赤の野菜が苦手だ。食も細い。部屋にこもって折り紙ばかりをしていた。これでは本格的な稽古がはじめられないと、周囲は心配していた。

専太郎が佐菜のつくるやさしい味わいの白和え（しらあ）を気にいってくれたのが縁で、この屋敷に通うようになった。

古くからいる女中のおりんが、ばたばたと忙しそうに家族や弟子の朝餉を用意する広い台所の片隅で、この日は初物のむかごを加えたご飯を炊いた。ほかには、小豆の白和え、だしを利かせたれんこんの味噌汁、かぶの甘酢和えである。炊きあがったむかごご飯をおひつに移す。ぴかぴかと光る白飯に丸いむかごが散っている。食べればねっとりとして、山の味がする。味噌汁のれんこんは薄切りにして、しゃきしゃきとした歯ざわりを残した。かぶはしっとりとやわらかい。

繊細な専太郎はこうした佐菜の工夫にすぐに気づいて楽しんでくれる。

専太郎の食事をつくるようになって佐菜の料理の腕はぐんとあがった。専太郎も朝餉をしっかり食べるようになって、以前より活発になった。謡（うたい）や仕舞（しまい）の稽古で出会った、同じ年ごろの子供たちとよく遊んでいる。

専太郎の朝餉がすむと、急いで神保町の煮売り屋のおかねの店に行く。

ここで主のおかねとともに、昼飯を買いにやって来るお客のためにご飯を炊き、握り飯にする。いなりずしをつくることもある。お得意の白和えや芋の煮転がし、きんぴらごぼうなどもつくる。

おかねの店は流行っていて、つくるそばから売れていく。一日中大忙しなのだ。そのまま、おかねの店で夜まで働くこともあるし、おでかけ料理人として依頼人の家に向かうこともある。そこでまたご飯を炊く。

夜、ようやく仕事を終えて家路につく。

ご飯はもう炊かない。たいていはおかねの店でもらった握り飯や朝餉の残りご飯の湯漬けに惣菜、簡単な汁ですませるからだ。

おでかけ料理人とは、頼まれた家に出かけて行って料理をつくるのが仕事だ。はじめての台所で、頼まれた料理をひとりでつくらねばならないから、気が張る。人見知りで心配性の佐菜は毎回苦労をしている。

佐菜は三益屋という日本橋でも名の通った大きな帯屋の娘だった。三代目の主であった父が亡くなり、その後もいろいろあって三益屋は立ち行かなくなった。

七か月ほど前、佐菜はおばあさまと二人、ひっそりと神田に移って来たのである。本が好きで物識りのおばあさまは手習い所で暮らしをたてるつもりだったが、習いに来たのは近所の煮売り屋のおかねの一人息子の正吉だけだった。

困った佐菜におかねが店で働いたらどうだと声をかけてくれた。

じつは佐菜は料理が得意である。まだ三益屋が元気だったころ、おいしい物好きのおばあさまは女中の竹を名のある料理人につけて、料理を学ばせた。まじめで熱心な竹は一番だしの吸い物も、京風の卵焼きも、八百善風の手の込んだ煮物椀もつくれるようになった。それを、そっくり佐菜に伝えたのである。

人見知りで、お客が来るとおかねの後ろに隠れていた佐菜は、おかねに言われて少しずつ前に出るようになり、自分の知っている料理をつくるようになった。そのひとつが、専太郎のお気に入りの白和えである。

そうして、気づけば「おでかけ料理処」の看板をあげるまでになったのだ。

金木犀が香る昼下がりだった。佐菜がおかねの店で働いていると、まだ少年といっていい年ごろの若者がやって来た。

「おでかけ料理処てえのはこちらですかい」

髪を細く長い流行りの髷に結い、やせた体に細縞の着物がよく似合っている。

「私がその料理人の佐菜ですが」

佐菜が答えると、若い男は「意外と若いんだな」とでもいうようにじろりと全身をながめた。

「須田町の満々（まんまん）屋という居酒屋なんだけど、うちの大将が仕事を頼みたいそうなので、一度、店の方に来てもらえないかって言ってます」

満々屋という屋号を聞いて、いつものように芋の煮転がしを食べていた、常連の権蔵（ごんぞう）がふっと顔をあげた。権蔵は近くの瀬戸物屋の主である。

「ほう、満々屋さんかぁ。こりゃあ景気がいいねぇ」

「へい、おかげさんで」

若者は如才なく挨拶を返した。

満々屋は近頃話題の居酒屋である。料理も満足、値段も満足、働いている女たちもみんな若くてかわいらしいという。

「なにかい？　満々屋さんは人手が足りなくて料理人の出張を頼むのかい？」

同じく常連で、あけぼの湯のおかみのお民（たみ）が、煮奴（にやっこ）の皿を手にしたまま、たずねた。

「ああ、まぁ、頼みたいのは店じゃなくて大将のお袋さんのほうなんでさ。ひとりで暮らしているんで飯をつくってほしいって言ってました」

若者は愛想よく答えた。


佐菜は若者といっしょに、満々屋をたずねた。

満々屋は大きなのぼりが人目をひく、木の香のするような新しい店だった。青物市場の朝は早いので、日が高い時刻にもかかわらず仕事を終えた人たちで店はにぎわっている。

壁一面に品書きを書いた紙が貼られており、客が来るたび、「へい、らっしゃーい」という若者の威勢のいい声があがり、藍の着物に赤いたすきと前垂れをかけた女たちが料理や酒を運んでいる。

若者は佐菜を裏の勝手口に案内した。

脇の板の間で待っていると、足音がして忙しそうに男がやって来た。

年は三十半ばか、面長ですずしげな目をした男だった。鶯(うぐいす)色のぞろりと長い羽織と格子の着物も洒落ていて、いかにも今が売り出し中、人気店の当主という感じがした。

「ご足労すまなかったね。俺が満々屋の主、陽之介(ようのすけ)だ。さっそくだけど、黒門町に俺の母親が一人暮らしをしている。時々、うちの者に様子を見に行かせているんだけど、ここのところ家にこもっているんだってさぁ。悪いけど、たずねて行って料理をして、三日に一度、様子を伝えてくれ。料理はさしあたって十日。必要なら、もう少し続けてほしい。米や味噌、醤油はこちらから届けさせる。そのほかのものも、言ってもらえれば届けるから。ところは、ここだ」

ところを書いた紙を手渡して立ち上がり、出て行きそうになったので佐菜はあわてて引き留めた。

「おかあさまのお名前は……。嫌いな食べ物はありますか？」

「名前は秋乃だ。好き嫌いはない。食べ物の好き嫌いを言ってはいけない、出されたものはなんでもおいしく食べるんだ。……子供のころ、俺はにんじんが苦手だったんだ。そう言ったら、お袋はにんじん尽くしの膳を出した。にんじんご飯、味噌汁の具もにんじん、にんじんの煮物。そうやって、ともかくにんじんを食べさせる。そういう人だ」

低く笑う。

「……それで、にんじん嫌いは治ったんですか」

「まさか。なんとか食べられるようになったけど、にんじんを見るたびにあのときのお袋のおっかない顔を思い出すよ」

佐菜はおばあさまの顔を思い浮かべた。

おばあさまも好き嫌いを許さない。出されたものを残すと叱られた。お百姓さんに申し訳ない、食べ物に感謝しなければいけない、世の中には満足にご飯を食べられない人がたくさんいる……うんぬんかんぬん。

幸い佐菜は特別に嫌いなものはなかったが、もしあったら、おばあさまも躍起になって直そうとしただろう。

どうやら、陽之介の母親の秋乃とおばあさまは似ているらしい。

居酒屋という「やわらかな」商いをしているが、案外「堅い」家の出なのかもしれないと思った。


佐菜はその足で黒門町の家をたずねた。静かな一角にあるこぢんまりとした一軒家だった。

黒塀があって見越しの松が植わっている。玄関で訪いを入れると、声がした。人の気配がして、しばらく待っていると女が出て来た。白い髪を後ろで小さな髷に結っている。黒っぽい地味な着物の胸元は少しのゆるみもなく、帯もきつくしめている。

陽之介によく似た涼しげなまなざしの品のよい老婦人である。

佐菜は自分が陽之介に頼まれた出張料理人であること、差し支えなければ今日からでも昼餉をつくることを伝えた。

秋乃はひどく驚いた顔をした。

「陽之介がですか？　あの子が？　本当に？　わたくしのことを心配してくれて、そう言ったのですか？」

佐菜が何度も繰り返し話すと最後はうなずき、ていねいに礼を言われた。

「そうですか。あの子がそんなことを。では、今日からよろしくお願いいたします」

秋乃の腰は少しまがっていて、一つ一つの動作がゆっくりだ。耳も遠いのかもしれない。けれど、受け答えははっきりとしている。

台所に案内してもらった。

二畳ほどの板の間に水屋箪笥があり、土間にはかまど、戸を開けて外に出ると井戸と洗い場があった。水屋箪笥にはたくさんの皿、小鉢、どんぶりがしまわれてあり、棚の壺やかごにはかつおぶしやのり、豆などがきちんと仕分けされててはいっていた。ぬか床も毎日かきまぜてある。それぞれのものに決まった場所があり、すべてがそこにきちんと収まっている、そんな感じがした。

「……どなたかお手伝いの方は……」

　佐菜はたずねた。

「いいえ。わたくし一人です。身の回りのことは自分でいたしております。掃除も行き届かないでおはずかしいです」

「いいえ。そんなこと、ないです。きちんと片付いて……、お見事です」

　佐菜が言うと、秋乃はうれしそうに微笑んだ。

　自分も手伝うという秋乃に休んでもらって、佐菜は調理にかかった。ご飯をやわらかめに炊き、わかめの味噌汁とぬか漬け。高野豆腐と小さく切った大根やにんじん、なすを炊き合わせにして、とろみをつけたあんをかけた。

　膳を調えて声をかけるが、返事がない。

　襖（ふすま）をそっと開けると、たたんだ布団に寄りかかって眠っていた。

　もう一度、声をかけると目を覚ました。

「恥ずかしいわ。このごろ、座ったとたんにすぐうとうとしてしまうの」

「……お食事が終わったら、横になったらいかがですか。……障子をしめれば外からは見えません。私は片づけを終えたら帰りますから」

「いえいえ、そうはいきませんよ」

秋乃はそう答えて膳に向った。

背筋をのばし、美しい所作でご飯を手にした。一口食べて目を見張った。

「おいしいわ。水加減もちょうどよくて、上手に炊けていますね」

汁も、高野豆腐の炊き合わせも喜んでくれた。

「ていねいなお仕事をされていますね。あんかけのとろみもちょうどいいし。わたくしのことを考えてつくってくださったんでしょ」

ほめてもらうのはうれしいことだけれど、秋乃の前にいると先生に作品を見てもらっている生徒のような気持になった。

食後のお茶をいれていると、秋乃がうつらうつらしはじめた。

布団に寝かせ、佐菜は黒門町をあとにした。


おかねの店に戻ると、権蔵が空き樽に座ってお茶を飲んでいた。一度自分の店に帰ってまた来たらしい。

「いいところに戻って来たよ。今、ちょうど、ひと休みしようと思っていたんだよ。満々屋はどうだった？」

　おかねがたずねた。

「満々屋のご主人は粋でいなせな洒落者でしたよ。それで、黒門町のおかあさんのところにご飯をつくりに行きました。おかあさんは……どっちかというと先生みたいな人ですね。まじめできちんとして……」

「それはつまり、あんたとこのばあさんみたいなってことか？　裃（かみしも）着ているみたいに、お上品でご立派なんだ」

　権蔵がさらりと言う。まったくその通りなのだ。坂の上の大鼓の名人はそういうおばあさまをすてきだと思うし、権蔵は面倒な人だと思う。

「じゃあ、よかったじゃないか。上手につきあえるよ」

　おかねが笑って手作りのきな粉団子を手渡した。

「親一人子一人の家なんですけど、満々屋のご主人はおかあさんの家に近づいていないみたいなんですよね」

　――しばらく顔をみておりませんが、陽之介は元気にしておりますでしょうか。

　秋乃に聞かれて佐菜は返事に困った。

「息子だろ？　娘みたいにべたべたしないんだよ。それでも、ちゃんと心を配っているんだ。上出来、上出来」

きな粉団子を食べ終わった権蔵は帰っていった。


夜、おかねの店を閉めて家に戻ると、おばあさまが疲れた顔で座っていた。

「さっき、お鹿が来て市松を連れて帰ったところなんですよ」

お鹿は佐菜の父の後添えで義理の母、市松はその息子だ。

昼間仕事で忙しいお鹿に代わって、おばあさまが手習い所で孫の市松の面倒を見ることにした。正吉が来ているから一人増えても大して変わらないだろうとおばあさまは思い、佐菜もお鹿も賛成した。

しかし、子供を預かるというのは、そんな甘いものではなかった。

おかねの息子で人並以上にのびのびと育った正吉と、三益屋の後継ぎとして大切に育てられ、三益屋がなくなった後は神田の暮らしになじめず内気になってしまった市松とは水と油。正吉が外で虫をみたいといえば、市松は虫は嫌いとべそをかく。おばあさまが市松に本を読み聞かせている間に、正吉はひとりでどこかに行ってしまう。

正吉ひとりに手こずっていたおばあさまは、さらに大変になってしまったのだ。

佐菜はおかねの店でもらってきた、青菜のあえものや煮豆、焼き豆腐、朝餉の残りご飯を湯漬けにしたもの、ぬか漬けで膳を調えた。食事になって少し元気が出たおばあさまは、市松について語りだした。

「市松は筆を持たせたらね、ちゃんとこう、筆先を立てて持つんですよ。以前、わたくしが教えたことが身についているんですね」

正吉は何度言っても、筆を寝かせてしまうのに。

さすがに、そこまでは言わない。

「それにね、目上の人に対して、きちんとした言葉遣いができるんです」

うれしそうな顔になった。

正吉を子供らしい、元気でいいとほめていたが、市松はまた別格だ。やはり孫はかわいいのだなと聞いていたら、おばあさまは言った。

「やっぱり三益屋の後継ぎ、佐兵衛（さへえ）の子供だと思いました」

佐菜は驚いて顔をあげた。

「おばあさま。それは少々まずいですよ。今はもう、三益屋はないんですから。それを言ったらお鹿かあさんが困ります。市松ちゃんを神田の子供として育てたいと言っていましたから」

「なにを言うんですか。市松は佐兵衛の子供でもあるんですよ。たしかに三益屋の店はなくなりました。けれど、わたくしたちは三益屋の人間なんです。おじいさん、おばあさん、おとうさん、おかあさんがいて、わたくしたちは生をうけたんです。それが市松に受け継がれているんですよ。わたくしははっきりとそう思いました。間違ったことを言っていますか？」

真剣な顔になった。

「おっしゃることも分かります。でも、それは昔の夢を追うことになりませんか」

しまったと思った。おばあさまの顔色が変わった。それは言ってはいけないことだった。

おばあさまは本来、冷静で道理の分かった人である。

市松が「みっちゃん」という心の友達をつくりだし、夢中になってしまったときには、あんなに賢い解決を見せたのに。

反目していたお鹿を認め、理解したと思ったのに。

やはり、今でも三益屋の華やかな日々を忘れていない。

佐菜は困った。

それきり二人は黙ってしまった。

2

それから毎日、佐菜は秋乃のところに通い、昼餉をつくった。三日に一度、佐菜は陽之介に秋乃の様子を伝えた。なにを食べたのか、どんな様子だったのか、話す。

聞きたいと言ったのは陽之介なのに、仕事のことを考えているのかいつも上の空だ。

「えっと、そうすると、飯は食べているんだな」

「はい。お豆腐がお好きだとおっしゃったので、毎日、欠かしません。今日はとろろかけにしました」

「え、なんだって？」

「豆腐のとろろかけです。味噌風味にしました」

「それは朝飯か」

「いえ、お昼です。昼に来てほしいといわれましたので」

「ああ、そうだった。うん。まぁ、よしなにやってくれ」

かみ合わない会話になったが、最初の約束の十日が二十日にのびた。

秋乃と陽之介はもう何年も顔を合わせていないようだった。

けれど、高齢の母親のことは心配らしく、ときどき店の者に様子を見にいかせ、金と共に米や味噌、干物などを届けさせている。

秋乃も陽之介に会おうとしない。

つかず離れず、距離を保って暮らしている。

そういう親子もいるのだと佐菜は納得した。

何度も通ううち、秋乃は少しずつ自分たちのことを話すようになった。

秋乃は美濃国の岩村藩の武家の流れをくむ家の生まれだった。二十のとき、下谷で小さな薬種屋を営む朝蔵に嫁ぎ、翌年、陽之介に恵まれた。

「夫は医者になりたかったそうです。けれど、その道に進むことができず、薬種屋に奉公に出ました。寝る間も惜しんで働き、三十の年に自分の店を持ちました。夫は陽之介が生まれた時にはとても喜んで、この子には医術を学ばせたいと言ったんです」

佐菜が用意した膳に向いながら、秋乃は懐かしそうに語りだした。

しかし、陽之介が三歳のとき朝蔵は病のために亡くなった。秋乃は幼い陽之介を抱えて暮らしを立てなければならなくなった。字が上手だった秋乃は書道教授と代書の仕事をはじめた。

「漢字は父に、かなは母に習いました。それが役に立ちました。子供たちに書道を教えるのも楽しいのですけれどね、代書というのも、これがなかなか面白いものですよ。借金などの証文、謝りの文、ふるさとの両親への安否の報せ。頼まれればなんでも書きました」

書式にのっとった正式な文書から、切々と窮状を訴えるもの、細筆のやわらかな筆運びで伝える季節の挨拶など自在に書き分けたという。

「湯島や池之端あたりの玄人さんから、恋文の代筆も頼まれたのですけれど、陽之介がおりますからそれはお断りしたんですよ。だって、恋文の代筆をしたら、そういう方たちが家に出入りすることになりますから。あの子には固い仕事に就いてほしいと思っておりました。『孟母三遷の教え』という言葉がありますでしょう？」

佐菜もおばあさまから教わった。

孟子の母は孟子によい教育を授けるため、三度も引っ越しをした。寺の近くに住んだ時、孟子は葬式を真似、次の市場の近くでは商人の真似をした。そこで、学校の近くに住むと祭礼の道具を並べ、儀式の真似をしたので、母親はそこに長く住むことにしたという。

「本当のことをいえば、昌平坂学問所の近くに引っ越したかったのです。でも、書道塾をはじめて生徒さんも集まっていましたから、なかなか決心がつかなかったんです。それが間違いでした。陽之介が居酒屋なんぞをはじめたのは、わたくしがぐずぐずしていたからなんです」

秋乃は食後の茶を飲みながらそう言って嘆息した。

「居酒屋も立派なお仕事ではありませんか。満々屋さんは良い店だとみなさんおっしゃって、とても繁盛していますよ」

佐菜はやんわりととりなした。しかし、秋乃は眉根を寄せた。

「いえいえ。料理茶屋ならともかく居酒屋ですよ。職人や手代が酒を飲んで愚痴や上の人たちの悪口を言う場所でしょ。そこで働く女たちだって、ろくな人はいませんよ」

「そうとばかりは言えないと思いますが……」

「わたくしは陽之介にはもっと立派な、人に敬われるような仕事に就いてほしかったのです」

「……はい」

「あの子が所帯を持ちたいと言って連れて来た女を見たときには、驚きました。五歳も年上で、しかも前にご亭主がいたんです。左官だったと聞きました。死別じゃなくて、喧嘩別れですよ。その後、居酒屋の仲居をしていたんです。客に酒を運んでいたんですよ」

そうか。このことが秋乃と陽之助が疎遠になってしまった理由なのか。

佐菜は心のうちで合点した。

おでかけ料理人の仕事も残り三日となった時、秋乃が言った。

「わたくしのふるさとの岩村には、かすていらという菓子が伝わっています。これまでのお礼に、そのつくり方をあなたに教えてあげます」

「南蛮菓子のかすていらですか？　卵のたくさん入った？」

佐菜は聞き返した。

以前、佐兵衛が寄り合いの膳で出たといってかすていらを持ち帰ったことがある。それを母と祖母と佐菜の三人で分けて食べた。ほんの一口だったけれど、金色のふわふわとした菓子は甘い香りがして口の中で溶けた。

世の中にこんなにおいしいものがあるのかと思った。

おばあさまは竹にさまざまな料理を習わせていたから、かすていらもつくらせようとしたけれど、特別な窯が必要で素人にはつくれないと言われてあきらめた。

「大丈夫。蓋がしっかりとしまる鉄の鍋があれば作れます。岩村には、長崎で学んだ医者が伝えたかすていらがあるのです。父がある方から特別に教えていただき、わたくしは父から学びました。本当のつくり方とは少し違いますが、十分おいしく出来ます。江戸のかすていらも食べたことがありますが、やはり岩村のかすていらが一番です」

秋乃は誇らしげな顔をし、簞笥の奥から書付を取り出した。

その紙を見て佐菜は驚いた。

材料として卵十個、同じ重さの上等の砂糖、麦粉その八掛けとある。

「卵を十個も使うんですか？」

「だからおいしいんです。卵だけでなく、砂糖もたっぷり入っているんですよ。贅沢なものですからつくるのは特別な日です」

「おつくりになったことはありますか？」

「一度だけ。陽之介の風邪がいつまでも抜けなかったときです」

それを聞いて佐菜は思い出した。

母の病気は重くなっていて、あまり起きられなくなっていた。父は母に食べさせたいと持ち帰ったのだ。

食欲がなくなっていた母も、そのときは笑みをみせた。

おいしくて幸せなひとときだった。

「かすていらのつくり方を教えてください。材料のことは満々屋さんに相談してみます」

佐菜は言った。

秋乃の昼餉を終えて、満々屋の陽之介をたずねた。かすていらをつくりたいと話すと呆れた顔になった。

「これがその材料か？　卵十個に上等の砂糖？　お袋は何を考えているんだよ。卵が十個あれば、うちの茶碗蒸しなら三十はつくれるぞ」

それでも明日までに卵と砂糖、麦粉を用意すると約束してくれた。

翌日、満々屋で材料を受け取り、秋乃のところに向かった。

秋乃は陽之介が材料を用意してくれたと伝えると、意外そうな顔をした。

「あら、あの子が卵も砂糖も持たせてくれたんですか？　わたくしはてっきり断られると思っていましたよ」

　断られたら、自分で買うつもりだったらしい。

　それから佐菜は秋乃に言われて納戸から重い鉄鍋を出してきた。卵をかき混ぜるためのささらも買いに走った。

　戻って来ると、秋乃は楽しそうに鉄鍋に紙を敷いていた。

「かすていらをつくるのは何年ぶりかしら。上手にできるとよいのですけれど」

　それから佐菜はすり鉢に卵と砂糖を合わせ、かき混ぜた。砂糖を加えた卵は重く、すぐに腕が疲れてしまう。

「このくらいでよいでしょうか」

「いいえ。まだまだです。全体が真っ白になるくらい、たくさん泡をつくるのです。そんな風に休み休みでは、いつまで経っても終わりませんよ」

　秋乃はきびしかった。少しでも注意がそれると叱られた。

　いまや佐菜はおでかけ料理人ではなく、秋乃の生徒になっている。

　佐菜はしびれた腕や肩を回してほぐしながら、泡立てた。

　秋乃の言った通り、最初は全体が黄色く、ぷつぷつと泡が立っている感じだったが、その泡が増えてすり鉢いっぱいに広がると、白っぽくなってきた。さらに泡立てると、底の方の黄色い液も泡になって、全体がもったりとしてきた。

「これでよいでしょう。よく頑張りましたね」

秋乃がねぎらってくれた。

粉を混ぜて生地を仕上げ、鍋に流し、重い蓋をのせた。

佐菜が苦労しながら泡立てている間に、秋乃はかまどに火を入れていた。

「さぁ、鍋をのせてください。これからしっかりと焼きますからね」

そう言った秋乃の声にははりがあり、目が輝いていた。

途中で蓋を開けられないので線香を立てて時を計る。

やがて、甘い卵と砂糖の香りが鍋から溢れて来た。

「いいですねぇ。お腹が空いてきます」

佐菜は言った。

「そうでしょう。かすていらは香りもごちそうなんですよ。南蛮人は顔が赤くて、毛むくじゃらで鬼のような怖い人たちだと言われているでしょう？　でもねぇ、こんなにおいしいお菓子をつくるのだから、本当はやさしい人たちだと思うのですよ」

秋乃は言った。

「そうですねぇ。私もそう思います」

「人を見かけで判断してはいけませんよ。心と心でつき合わないと」

でも居酒屋はだめなのだ。

五歳年上の居酒屋で働いていた女は息子の嫁にふさわしくないのだ。

佐菜は秋乃の顔をそっと見た。

気持ちはわからなくもない。人は時に矛盾する。

陽之介には医者になってほしかった。それが亡き夫の希望でもあった。嫁は裕福でなくとも、きちんと躾を受けた娘さんである。

それが秋乃の思い描いた幸せだった。

秋乃は考え深く、用意周到な人だ。陽之介の将来を考えて、さまざまに準備し、導いて来たのであろう。

それなのに……。

佐菜は秋乃の無念を思った。

「さぁ、焼きあがりましたよ」

秋乃が蓋を取ると、甘い香りが溢れだし、部屋中に満ちた。

「うわぁ」

佐菜は声をあげた。それは遥か海の向こうにある遠い異国の香りだ。

突然、目の前に青い海が浮かんだ。海はきらきらと光ってどこまでも続いている。その遥か先のもっと先にある国から伝わってきた菓子だ。

あのときのうれしそうな母の顔と甘い味の記憶がよみがえって口の中がつばでいっぱいになった。

「さぁ、中の方までちゃんと焼けているでしょうか」

秋乃は慎重に紙を持って茶色いかすていらを取り出した。まな板にのせて包丁を入れると、中からしっとりとつややかな黄金色が現れた。

これは菓子の国の将軍だ。

遥か遠い国からやってきた、贅沢なおいしさだ。自分はその菓子を焼いたのだ。

うれしくて胸が熱くなった。

「大丈夫。穴も開いていないし、まん中まで火が入っていますよ。佐菜さん、お上手でした」

「いいえ、私は泡立てただけです。時間をおくと泡が消えてしまうから、準備が大切だと分かりました」

「さすが、よいところに気がつきましたね」

秋乃は師匠の顔でうなずいた。

かすていらが冷めるのを待ちながら、佐菜は茶をいれた。秋乃は端の方を薄く切って二つに分けた。それを二人で食べた。

茶色く焼けた外側は香ばしく、中はほどよく歯ごたえがあった。以前、食べたかすていらはもっとしっとりとして、やわらかかった。

「おいしいでしょ。これが岩村のかすていらです。江戸のものは、やわらかすぎます」

誇らしげに秋乃が言ったので、佐菜はこれでよいのだと納得した。

秋乃は残りを半分に切り、さらにそれを半分にした。

「ひとつは陽之介に持って行ってください。このひとつはあなたが持って帰ってお家の方とおあがりなさい。残りの半分は明日、わたくしが知り合いに届けます。遠出になります。料理はよいので、一緒に来ていただけませんか」

「いいですけど……。でもこんなにたくさん、いただけません。秋乃さんが召し上がってください」

「大丈夫ですよ。心配いりません。さっきいただいたもので、わたくしは十分。あなたは今度、ご自分でかすていらを焼くときのために、ちゃんと味を覚えておかないとね」

そんな押し問答があって、結局、佐菜はかすていらを受け取った。

焼きあがったかすていらを持って満々屋に行った。いつものように板の間で待っていると、忙しそうに陽之介がやって来た。かすていらを渡すと言った。

「まぁ、ありがたくいただいとくわ」

包みを開くと手でざくりと割り、口に運んだ。

「おお、さすがうまいわ」

目を細めた。

「おい、絹(きぬ)、いるか」

隣室に声をかけると襖が開いて陽之介の女房の絹が入ってきた。豊かな髪にべっ甲の笄(こうがい)を何本も挿した島田崩しに結っていた。色白のきめ細かな肌をした華やかな顔立ちの女だった。

「黒門町から岩村のかすていらが届いた。うまいぞ」

「まぁ、贅沢な菓子を。わざわざすみません」

佐菜に礼を言い、自分も端のほうを手でちぎって食べた。

「甘いんだねぇ」

「そうさ、卵と砂糖がたっぷり入っている。昔、一度、お袋がつくってくれたことがある。なんの時だったか忘れたけどな。あの始末屋のお袋がよく、かすていらなんかつくったよなぁ」

「満々屋さんの風邪がなかなか治らなかったときだとおっしゃっていました」

「そうか。そんなことがあったか」

ふと、遠くを見る目になった。

「俺はお袋の言うことに逆らってばかりいた。そう言ってなかったか」

「いいえ、とくには」

佐菜は答えた。

「お袋は俺を医者にしたかったんだ。親父の夢だったんだってさ。だけど、俺は学問はだめだ。客商売が好きなんだ」

「よかったじゃないか。ちゃんと、好きな道に進むことができてさ」

女房は陽之介の肩をぽんと叩いて出て行った。

陽之介は医者の見習いになったものの、勝手にやめて知り合いの居酒屋を手伝っていた。そのことが秋乃に知れて騒ぎになった。その後、顔を合わせれば言い争うようになり、絹と所帯を持ってからは連絡を絶っていたそうだ。

秋乃の家に金を届けるようになったのは、満々屋が軌道にのり、秋乃が病に倒れてからだ。

「俺には俺の生き方がある。親父の夢をかなえるために、俺がいるわけじゃない。この店は俺と絹で育てた。料理も、仕入れも、女たちの着物も、全部、あいつと俺とで相談して決めた。満々屋は俺たちの夢、俺たちそのものなんだ。いくらお袋でも、言っていいことと、悪いことがある」

陽之介の目にあきらめの色が浮かんでいた。


かすていらを持って佐菜はおかねの店に寄った。

店にはおかねと正吉がいた。佐菜はかすていらを半分にしておかねに渡した。

「いや、いいよ。こんな上等な菓子、あたしたちは気持ちだけでいいよ」

おかねは遠慮したが横にいた正吉が大きな声をあげた。

「いい匂いだ。おいら、食いたいよ」

その声が届いたのか、権蔵が入って来た。

「なんだよ。うまいもんがあるのか?」

これは分けずにはいられない。

「ちょうどいま、佐菜ちゃんがめずらしい菓子を持って来てくれたんだよ」

おかねはありがたく受け取ることにした。

切り分けていると、今度はお民もやって来た。

おかねと正吉、権蔵とお民の四人分。佐菜はおばあさまの分を残してかすていらを譲った。

「そうか。これがかすていらってもんか。話にきいてはいたけど、たしかにうまいもんだなぁ。甘くて卵の味がしてさ」

権蔵はうっとりと目を細めた。

「しかし、かすていらってのは南蛮の卵焼きみたいなもんなんだねぇ。へぇ、満々屋のお袋さんに教わったのかい。満々屋の亭主は舌が肥えているわけだねぇ」

お民も感心する。

「そうですねぇ。賢くてしっかり者のおかあさんですから、きっと、あれこれ工夫しておいしいものを食べさせていたんですよねぇ」

佐菜はお民の言葉で気がついた。陽之介が食べ物に興味を持ったのは、家の食事がおいしかったからに違いない。佐菜が今、こうしておでかけ料理人として働けるのも、おばあさまの元で「舌」を鍛えられたからにほかならないのだ。

かすていらを食べ終わって、名残惜しそうに皿をながめている正吉に権蔵がたずねた。

「正吉、ばあさんのところで、お前、今、何を習っている」

「うん、まぁ、いろいろだよ」

正吉が大人びた調子で答えた。

「お孫さんの市松ちゃんといっしょに勉強しているんだよ。市松ちゃんは賢いんだってさ」

おかねが正吉に代わって答えた。

「市松が来たもんだから、ばあちゃんはやたらと張り切っておいらにもきびしいんだ。くたびれて寝転がったりすると、もう大変だよ」

「あはは、手習い所で寝転がったらだめだよ」

お民が声をあげて笑った。

「あんたは九九より、何より、行儀だね。そうでないと、どこに行っても務まらない」

おかねがなげいた。

夜、仕事を終えて、家に戻った。

正吉と市松のふたりの世話で疲れたらしく、おばあさまは白い顔をしていた。

「今日はご飯のほかに、かすていらがありますよ」

佐菜が声をかけると、「まぁ、めずらしいものを」とうれしそうにほほ笑んだ。

夕餉のあと、お茶とともにかすていらを出した。

「これを佐菜がつくったの？　上手に焼けていますよ。卵の味がして、甘くて。これならお店が出せます」

目を細めた。

「手習い所の方はどうですか？　正吉ちゃんと市松ちゃんは仲良くやっていますか？」

「あの二人は水と油です。わたくしも困ってしまいました」

おばあさまはめずらしく弱音を吐いた。

正吉はおとなしく座っていることができず、別の手習い所を断られ、おばあさまのところに来た。鳥や虫が大好きで、興味を持つことには夢中になるが、そうでないものには見向きもしない。歩き出す、大声を出す、寝転がる、あげく眠ってしまう。同じ年ごろの友達はいない。

一方、市松は大人しくて聞き分けのよい子だ。躾が行き届いていて、習字でも、算盤でも、言われればずっとさらっていられる。

そのことがおばあさまを喜ばせた。

だが、体は強くないし、外歩きも好きではない。三益屋の息子として大人に囲まれて育ち、佐兵衛が亡くなった後は母親と二人、神田に移った。なかなか友達もできず、ひとりで過ごすことも多かった。

正吉と市松はあまり口をきかない。同じ部屋にいても、それぞれ好きなことをしているそうだ。

考えてみたら、二人とも友達をつくるのが得意ではないのだ。

おばあさまだって、正吉ひとりでも大変なのに、さらに、もうひとり増えたらどうなるのかぐらい分かっていたはずだ。

だが、孫の市松である。そうなれば話は別だ。

市松といっしょにいられるという、うれしさに後先のことは考えられなかった。

預かりたいと言ってしまったのだ。

おばあさまは市松のことになると、夢中になってしまう。

「お疲れがでませんように」

　佐菜はそういうのが精いっぱいだった。

3

　翌日、佐菜は昼前に秋乃のところに行った。秋乃がそうしてほしいと言ったのだ。だが、たずねていくと秋乃はまだ布団の中にいた。

「こんな格好でごめんなさいねぇ。起きようと思ったんだけど、体が言うことを聞かないのよ。助けてくださる？」

　佐菜が助け起こし、布団に座らせた。秋乃の足は冷たく冷え切って、固くなっていた。足先をさすり、足首を回し、ふくらはぎをもみ、膝の曲げ伸ばしをしていると、やっと血が通って来た感じがした。

「今日は、わたくし、行かなくてはならない場所があるんです。昨日のかすていらを届けなくてはならないから。お食事は途中でおそばでもいただきましょう」

「どちらまで行くのですか？」

「向島（むこうじま）です。小梅村に泉雲（せんうん）というお医者さまが作っている薬草園があるの」

「遠いですよ」

「ええ、存じております。何度も、行っていますから」

黒門町からなら上野を経て浅草まで行き、大川橋を渡ることになる。

「お疲れのようですから、また次の機会に延ばしたらいかがですか」

「だって、今日はかすていらがあるんですよ。ここしばらく行っていませんし、みなさんに食べさせたいんです」

「とりあえずご飯にいたしましょう」

佐菜は秋乃をなだめて飯の用意をはじめた。

台所に行くと、大豆と高野豆腐とあじの干物が置いてあった。

「満々屋の方から届いたんです。かすていらの礼だと言って。ずいぶん遅くだったので、わたくしはもう休んでおりました」

文句を言いながらも、うれしそうな様子である。

やわらかく炊いたご飯に白和え、あじの干物と味噌汁、ぬか漬けの膳を調えた。

白和えは買ってきた豆腐を水きりしてごまとともにすり鉢ですり、醬油と煮切りみりんを加えて和え衣をつくり、やわらかく煮たかぼちゃと青菜を和えている。

嚙む力も、飲み込む力も弱くなった秋乃には食べやすいものだ。

「あなたの白和えはやさしいお味でうれしいわ。かぼちゃも上手に煮てあるし」

秋乃は目を細めた。

赤絵の器に盛ると、白い和え衣が映えた。やわらかく煮たかぼちゃの橙色と青菜の緑が顔をのぞかせている。

秋乃は彩りのよいものが好きらしい。使っている器は染付ばかりだったが、戸棚には色絵のものがたくさんしまってある。秋乃に断って盛りつけたら、「お客さまになったみたい」と喜んだ。

あじの干物は七輪で焼いた。小ぶりのあじだが肉厚で脂がのっている。薄く煙が立つころには、香りとともに脂が浮いてきた。身はやわらかく、塩気もほどよい。満々屋の「安い、うまい」という評判は確かだと佐菜は感心した。

秋乃は佐菜の用意した昼餉をおいしそうに食べた。

いつも食事の後は横になってうとうとするので、この日もそのまま眠るのかと思ったが、再び向島に行きたいと言い出した。

「向島には薬草園があるんです。熱や咳、腹痛、そういうものに効く薬草を育てています。それを刈り取って日に干すんです。葉をちぎったり、粉にするのは後でもできますけれど、草を刈って干すのは今でなくてはできないんです」

「それを秋乃さんがなさるんですか？　ほかにもお手伝いの方がいらっしゃるん

じゃないんですか？　その方たちに任せたらどうなんですか？」

「そうなんですけれども、わたくしはここ何か月もお休みしているから、申し訳ないんですよ」

押し問答の末、贅沢だと渋る秋乃を説得して駕籠を呼んだ。秋乃を駕籠にのせ、自分は歩いた。

向島まではなかなかの距離である。

大川橋を渡って大川端（おおかわばた）にでると桜並木が見えた。葉が黄色や茶に色づいている。その先は田畑である。木立が茂る一角は豪商の別邸か、人気の料理屋だろうか。

堤をおりた野菜畑の脇に、泉雲薬草園の看板が出ていた。

秋乃が駕籠から降りると、薬草園の中から数人の女たちがばらばらと走り出て来た。若い人も年配の人もいる。赤ん坊を背負っているものもいる。顔は日に焼け、手には泥がついていた。

「まぁ、秋乃さん、いらしてくださったんですか。ありがとうございます」

「お体はいかがですか？」

「今、刈り取りをすませて干す準備をしていたところですよ」

女たちは口々に声をかけた。

「みなさんがこうしてお世話をしてくださっていると思うと、わたくしも休んでいられないんですよ。それにね、今日は特別におやつがあるんですよ。ほんの一口ですけれど」

秋乃は背筋をのばし、元気な声を出した。

姉さんかぶりをした佐菜と同じくらいの年の女が薬草園を案内してくれた。

広い畑はいくつもに仕切られていて、さまざまな草木が植えられていた。よもぎ、さねぶとなつめ、おうれんなど、名前を書いた札がついている。株を残して、茎を刈られた一角もあれば、まだ青々と茂って花が咲いているものもある。実をつけた木もあった。

「こちらの畑はみなさんでお世話をしているのですか」

佐菜はたずねた。

「いえいえ、私たちではとても手が回りません。ふだんは近くのお百姓さんにお世話をお願いして、私たちは月に一度だけ集まることにしています。せめてもの恩返しなんです。私は髪結いなんですけれど、突然、腕が動かなくなりました。医者はもちろん、鍼灸も、薬もいろいろ試してみたんですが、だめだったんです。でも、泉雲先生の噂を聞いてたずねたら、言われました。『この腕は腰から来ている。腰を治さなくてはだめだ』。髪結いの仕事は中腰になるんです。それがよくなかったらしいんです。それでも、髪が結えるようになるまで半年かかりました」

「じゃあ、その間はお仕事ができなかったんですか？　それは大変でしたねぇ」

「そうなんですよ。先生は必ず治ると言ってくださるけれど、やっぱり心配で……。うちは父が病気がちで下に妹たちもいて、私が働かないと食べていかれなかったから……。泉雲先生のところに来るのは、そういう人ばかりなんです。病気をしてお金もなくて、養わなければならない家族がいてっていうような」

秋乃もその一人だ。

幼い陽之介の咳がいつまでたっても止まらない。近所の医者の診たてはただの風邪だから、温かくして寝ていればいいというものだった。

納得がいかなかった秋乃は泉雲を頼った。泉雲は風邪ではなく、胸の病気だと診断した。それで陽之介は命拾いをした。

「泉雲先生は治療代を払えないような貧しい人も診るんです。薬代も待ってくれます。けれど、そんなことをしていたら、先生の暮らしが立たなくなってしまうでしょう。秋乃さんが、だったら自分たちで薬草を育てればいいのだと言ったそうなんですよ。泉雲先生も、それは面白いとおっしゃって。それで、秋乃さん始め、先生にお世話になった人たちが集まって土地を捜して、先生が育てる草木を選んで。その話を聞いた、この近くに別宅のあるお金持ちも寄進してくれることになって、ここが始まったんです。世の中って捨てたもんじゃないですよね」

女は明るい目をした。

この薬草園は秋乃の発案だったのか。

「秋乃さんは人を動かすことができる人なんですね」

佐菜は感心して言った。

「そうなんですよ。あの人のそばにいると元気がでるんです。私が髪結いで腕が動かなくなった話をしましたよね。先生のところに治療に通っていた時、秋乃さんからこういう場所があるんだけれど、手伝いに来ないって誘われたんです。最初、この人はなにを言っているんだろうって思いました。だって、私は腕が動かないんですよ。髪結いの仕事ができないから、お師匠さんのところで下働きをさせてもらっていたんです。それぐらいなら、なんとかなりますから。帰ると病気の父親の世話があるし、お金の心配もしなくちゃならないし。家族のことで手一杯ですからって断ったんです。でも、秋乃さんが熱心に、何度も誘ってくださるから渋々来たんです。……そしたら、気持ちが晴れました」

「悩みがなくなったんですか？」

「それは、ありません。そんな簡単なものじゃないですから。でもね、正しい悩み方というのがあるんですって。過ぎたことを悔やんだり、心配ばかりしているのはだめなんです。私のように、ぐるぐると同じことを考えて、泣いたり、怒ったり、恨んだりしてしまうのは、ただ悩みを増やしているだけなんですって」

「なるほどねぇ」

「ここに来て、お日様を浴びながら土を耕したり、草の種をまいたり、水をやったりしていたら、ちょっと気持ちが楽になりました。もちろん、あれもこれも心配なんですよ。でも、先生が腕は治るっていってくださるから、大丈夫なんだろうな、ともかく今日は疲れたから寝ちゃおうかなって。久しぶりに朝まで起きませんでした」

ふふといたずらっぽい目をした。

佐菜は三益屋がなくなって、おばあさまと二人で神田に越してきたばかりのときのことを想い出した。おばあさまは大丈夫、心配ない、あてがあると言ったけれど、それは佐菜を安心させるための言葉だと分かっていた。

あのころは、布団に入ってもかえって頭が冴えて眠れなかった。

「向島は水も草木もあって空が広いでしょ。ここに来ると、みんなよく笑うんですよ。最後にいつ笑ったか覚えていないって人も笑うんです」

秋乃はそういう場所をつくったのか。

佐菜は胸が熱くなって畑をながめた。

そのとき、一人の女が呼びに来た。

「おやつにしましょうって」

小屋に行くと板の間に輪になって座っていた。秋乃に手招きされて佐菜が隣に座すと、さっそく浅漬けがはいった鉢が回って来た。自分の皿に受けて隣に回す。次々と煮物や佃煮や干した果物が回って来る。女たちが家から持って来たものだった。

日向の味がするお茶は、ここで育てた柿やどくだみやよもぎの葉でつくったものだった。

「今日は特別、もうひとつ、おやつがあるんですよ」

秋乃が言って佐菜が立ち上がったとき、扉が開いて薬草園の主、泉雲が入ってきた。

「いやあ、遅くなって悪かったねぇ。病人が次々に来たものだから」

女たちの顔がぱっと明るくなった。

「先生、今日はお見えにならないかと思いました」

「頼まれていた草はみんな刈って干しておきましたよ」

「浅草からすみません。お顔がみられてうれしいです」

口々に言った。

泉雲は白髪の小太りの老人だった。顔はえらが張って、笑うと目が糸のように細くなった。けれど、それはやさしく、温かい、いい笑顔だった。

「じゃあ、先生もいらっしゃったから、かすていらを切りましょう」

秋乃が言って佐菜はかすていらを用意した。

背中の赤ん坊も小さい子もちゃんと数に入れると八人になったから、一人分は小さな一口になった。けれど、泉雲も女たちも喜んだ。

「まぁ、きれい。これがかすていら？」

「あまいわぁ」

「口の中で溶けてしまう」

「今日、来てよかったわ。大当たりね」

女たちは目を細め、大切そうに食べた。

「これは岩村のかすていらだからね、ただのお菓子じゃないんだよ。長崎で学んだ岩村藩の医師が病気治療に役立つと、つくり方を藩に持ち帰った。そう思って食べるといいよ。元気がでる」

泉雲が解説した。


夕方になった。泉雲とほかの女たちは道具の手入れや掃除があるので残ったが、秋乃と佐菜は一足先に帰ることにした。駕籠を呼ぼうとしたら、秋乃は「すっかり元気になったから歩いて帰れる」と言い出した。もう一人、大川橋の近くに住む女がいっしょについて来てくれることになった。

「秋乃さん、また来てくださいね。あなたは薬草園の大事な人だから」

泉雲が言った。

「また来てね。顔を見せてくれるだけでいいのよ。あたしたちのお守りだから」

「あなたといると、元気が出るのよ」

「無理しちゃだめよ。だけど、また来てね。待っているから」

女たちは秋乃のまわりに集まって、口々に感謝を伝える。

「もちろん、また来ますよ。わたくしにとっても大切な場所ですから。ここに来ると、力がわきます」

秋乃も答えた。

目を赤くして今生の別れのような挨拶を交わすけれど、次の瞬間、だれかが冗談を言ってみんなで笑う。正月には近所の子供たちも呼んで餅をつこう、凧揚げ比べをして汁粉をふるまおう、節分には豆をまこう……。次々と楽しそうな予定が語られる。

「ああ、楽しみねぇ。来年も、再来年もここに来たいわ。それで先生やみなさんとお茶を飲んでおしゃべりしたい」

秋乃はまた涙ぐんだ。

別れを惜しみつつ、帰途についた。

秋乃の歩みに合わせて、佐菜たちは隅田川堤をゆっくりと進んだ。おみやげにもらった薬草茶が背中でかさかさと鳴った。

「毎晩、布団に入ると、明日の朝、目が覚めるかしら、もう、いつ死んでもいいなと思うんですけれど、ここに来ると、もう少し頑張ってみようかと思うんです。

本当にいい方たちとめぐり合えてわたくしは幸せです」

　秋乃はしみじみとした言い方をした。

「薬草園を案内してくれた若い方が教えてくれました。あそこは秋乃さんが音頭を取って生まれたんですね」

「薬草園は亡くなった夫の夢だったんです。あの人の生まれた村には医者がいないから、ちょっとした病気は薬草のお茶を飲んで直していたんだそうです。だから、自分もそういう薬草茶を売りたい。薬草園をつくって自分たちで育てれば安く売ることができる。お金がない人はそこで働いてもらえばいいんだってよく申しておりました」

「慈悲深い方だったんですね」

　佐菜が言った。

「泉雲先生に似ているんでしょ」

　連れの女が言った。

「まさか、まさか。夫は先生のように立派な方ではありませんよ。顔も全然似ていないし。でもね、困っている人がいたらほっておけないという性分は通じるところがあります」

秋乃は誇らしげに言った。

秋乃は少し疲れた様子だったが、最後まで歩き通した。黒門町の家に着く頃にはすっかり日が落ちて暗くなっていた。

部屋に入ると、秋乃は佐菜に向き合った。

「今日は最後の日ですね。今まで、ありがとうございました。あなたがいなかったら、向島にも行かれませんでした。陽之介にも礼を言ってください。おかげでとてもいい思いができましたと」

「……そのことを……、息子さんにご自分でおっしゃったらいかがですか」

佐菜は思い切って言ってみた。秋乃は黙り、やがて口を開いた。

「それはできないわ」

ぽつりと言った。

「心の狭い、分からず屋だと思うでしょ。口では立派なことを言っても、結局は、その程度かって。自分でも分かっているんですよ。……あの子には、あの子の人生がある。でも、わたくしは自分の夢を背負わせてしまいました。居酒屋をはじめて嫁ももらって、それを伝えに来た時、わたくしがひどいことを言ってしまったんです。あの子は今でもそのことを怒っています。……それでも、わたくしを見捨てず、心配してくれています。……できた息子です。わたくしは謝るべきだと思います。でも、できないの。……心に嘘はつけないわ」

秋乃はうつむいた。絞り出すような声で言った。

「わたくしは夫と約束したんです。息子を医者にするって。だから……」

それが秋乃と夫の二人の思い描いた未来だったのだ。

「母親というのは自分のできなかった夢や希望や憧れを子供に託してしまうんです。それが子供の幸せだと信じて。母親というのは自分勝手で、欲が深いんです」

「そんな風にご自分を責めないでください。……秋乃さんの気持ちを、息子さんは分かっていますよ。だから……いっしょに住んでいなくても、ちゃんと心は通じています」

佐菜は言葉に詰まりながら、一生懸命しゃべった。出過ぎたことかもしれないと思ったけれど、どうしても言わずにはいられなかった。

「ありがとう。うれしいわ」

秋乃は小さく答えた。

翌日、佐菜は満々屋に陽之介をたずねた。いつもの小部屋で待っていると、忙しそうに陽之介がやって来た。

「そうか、約束の日限（ひぎり）が来たのか。お袋も、もういいって言ったのか？　じゃあ、まぁ、とりあえず、おしまいってことにしよう。ありがとう。助かったよ」

佐菜は陽之介に薬草園でもらったお茶を手渡した。

「向島の薬草園でつくっているお茶です。日向の味がしておいしかったです。よろしかったらどうぞ」

「ふうん。向島に薬草園があるんだ」

佐菜は薬草園で泉雲という医者にあったこと、薬草園は秋乃の発案でつくったことなどを話した。

「薬草園は親父の夢だったんだ。子供のころから、耳にたこができるほど、お袋に聞かされた。……あれから、お袋がかすていらをつくってくれた日のことを思い出したよ。俺は、もうちょっとで死ぬところだったんだ。お袋がどっかで聞いて来た、名高い先生のところに行ったんだよ。どんな立派なお医者かと思ったら、古くてちっちゃくて、順番を待つ病人がいっぱい並んでいるんだ。お袋はさ、

『自分の命に代えても助けてほしい』って先生に泣きついた。そしたら先生が言ったんだ」

——人の命はその人のものです。たとえ、おかあさんでも代わりはできないんです。

「面白いことを言う先生だなって思った」

「それが、泉雲先生です。薬草園の持ち主です。そのご縁が今も続いているんです」

「そうか……」

陽之介は遠い目をした。

「親子ってのはなかなか難しいもんだよな。お互い、いい年なんだから、意地を張らなくてもと思うけれど、そうはいかないんだよ。……女房に言わせると、俺とお袋はよく似ているんだってさ。意地っ張り、がんこで、妙に面倒見がよくて……」

「……よく似ていらっしゃいます。やさしくて、人を喜ばせるのが好きなところも」

陽之介の目がふっとやわらかになった。

それで、佐菜は思いを言葉にすることができた。

「だから……、人を喜ばせたいと思うから、満々屋さんは流行っているし、秋乃さんはいいお友達に恵まれています。……薬草園は月に一度、お手伝いの日があるんです。そこに集まる方たちは、秋乃さんのことが大好きで、会うのを楽しみにしているんです。だから、お年を召してひとり暮らしだけれど、淋しくはないんです。心豊かに過ごしているんです」

「……そうか。そんなら、よかった。あんたに頼んでよかったよ」

陽之介は短く答えた。

満々屋を出たら、青い空にうっすらと白く月が見えた。かすていらの甘さが思い出された。

二話　女たちの軍鶏鍋（しゃも）

1

「風が冷たくなったねぇ。表に出るとびっくりするよ」

瀬戸物屋の主の権蔵がそんなことを言いながら、おかねの店に入ってくると、いつものように空き樽に座る。

「芋の煮転がしをひとつな」

おかねが慣れた手つきで皿にのせて渡す。すぐさま口に入れて、権蔵は目を細めた。

「うまいなぁ。あんたんところの煮転がしはやわらかくて、中まで味がしみていて。神田ひろしと言えども、あんたのとこの煮転がしが一番だね」

「ありがたいねぇ。権蔵さんにそう言われると、お世辞でもうれしいよ」

「なあにが、お世辞なもんか」

そんな話をしていると、湯屋のおかみのお民もやって来た。

「ああ、今日は冷えるねぇ。番台ってのはお客が来るたび戸が開くだろ。背中が寒いんだよ」

権蔵と並んで空き樽に座る。

「味噌汁はどうですか？　お揚げのほかに、大根やこんにゃく、ごぼう、里芋、ねぎがはいっています」

佐菜が言うと、意外そうな顔になった。

「あれ、あんたんところは汁もはじめたのかい」

「うん。佐菜ちゃんがやってみようって言ってさ。そこに書いてあるだろ。今日が初日。これが、案外売れるんだよ。鍋を持って買いに来る」

壁に貼ってある「味噌汁はじめました」の紙を指し示した。

「じゃあ、その味噌汁をひとつ」

お民が言うと、権蔵も続けた。

「俺にもひとつな」

佐菜が白い湯気をあげている熱い味噌汁を手渡すと、ふたりはふうふうと息をかけながら食べ始めた。

「うまいなぁ。腹にしみるよ。塩気の具合がちょうどいいんだよ」

「あったまるねぇ。ごぼうとかさ、いろいろ入っているのがうれしいよ」

口々に言っている。

「汁といやぁ、次は鍋だね。あんたんとこは、鍋はやらないのかい」

権蔵が言った。

「あはは。さすがに煮売り屋で鍋は無理だねぇ」

おかねが笑う。

「材料だけ、売ればいいじゃねぇか。豆腐とねぎと魚を適当に切ってさ」

権蔵は食い下がる。

「それじゃあ、金がとれないよ」

おかねに代わってお民が答えた。

「そんなことはねぇよ。手間賃ってもんがあるんだ」

権蔵も負けない。

主のおかねを脇において、ふたりであれこれと算段をはじめた。おかねは笑いながら、鍋をかき回し、佐菜もやって来るお客の相手をした。

権蔵とお民は毎日欠かさずやって来て、惣菜を食べながらあれこれしゃべって帰っていく。お客というより、もう、ほとんど店の人の気持ちでいるらしい。

おかねの店には、そういうお客がたくさん来る。

惣菜がうまいのはもちろんだけれど、おかねの顔を見て、話をするのが楽しみなのだ。

佐菜もその一人である。

亭主を亡くして、女手ひとつで息子を育てているおかねには、淋しいことや心配なことがあるにちがいない。だが、おかねは弱音を吐かない。後ろを振り返らない。いつも元気よく、前を向いている。その明るさが、店に来る人にも伝わるのだ。

そんなことを考えていたら、新吉(しんきち)がひょいと姿を見せた。いつもの不機嫌そうな顔をしている。

「煮豆に、切り干し大根と油揚げの煮物に、白和えかぁ。いつ来ても、同じようなもんが並んでるなぁ」

新吉は神田明神裏の江戸芳(えどよし)で働いている料理人だ。といっても店では一番の下っ端だから、野菜や鍋を洗ったり、買い物に行くといった下働きがほとんどである。親切なところもある新吉だが「文句たれ」である。不平不満を言い、あれこれ文句をつけて傍にいる人を嫌な気持ちにさせるのだ。

「この店はたまのごちそうじゃなくて、普段のおかずを売る店だから、変わり映えがしなくていいの。同じものが同じ味で出ているから、お客さんは安心するのよ」

佐菜は即座に言い返した。

人見知りで思ったことが言葉にならないことも多い佐菜だが、なぜか新吉の前ではぽんぽんと言葉が出る。

「そうだ。よく言った。その通り」

権蔵が声をかける。

「佐菜ちゃんが言い出しっぺで、今日から味噌汁も出すことにしたんだよ。食べていくかい」

おかねがやさしい声で言った。

「……いや、いいよ。店に戻らなくちゃならないから」

新吉は口の中でもごもごとつぶやく。

「いいじゃないか。あたしがご馳走するよ。ほら、ここに座ってさぁ。佐菜ちゃんの味噌汁、おいしいよ」

お民はそう言って、自分の隣の空き樽を勧める。途端、新吉のお腹がぐうと鳴った。おかねが味噌汁を椀に注ぎ、その香りに誘われるように新吉は店に入って来た。椀と箸を渡され、一口食べた新吉は、思わず「ほお」と息を吐く。

「どうだ。腹にしみるだろ。俺はさ、十二の年に瀬戸物屋に奉公に入ったんだ。あの頃は、毎日、腹を減らしていたもんだよ」

隣でお民が眉につばをつける真似をする。

権蔵は瀬戸物屋の二代目で、神田生まれが自慢の江戸っ子だ。

そんなことに頓着せず、新吉は夢中で味噌汁を食べている。毎日の水仕事で新吉の手は荒れて、指先は赤くなり、腕には新しい火傷のあとがあった。

「まだ、新入りは来ないのかい」

食べ終わって顔をあげた新吉に、おかねがたずねた。

「来たよ、ひとり。だけど、俺より年上なんだ。三十半ばだって聞いた」

「どっかよその料理屋にいた奴なのか」

権蔵がたずねた。板前は店を変わると、修業は一からやり直しになる。

「違うらしいよ。前は夫婦で小さな小間物屋をやっていたんだってさ。その店がうまくいかなくなって、江戸芳に来たんだってさ」

「じゃあ、今まで包丁を持ったことがないのかい」

さすがにおかねも驚いた顔になる。

「そうらしい。だから、俺といっしょに洗い物している。あとは下足番だ」

「なんか、訳のありそうな人だねぇ」

お民が首を傾げる。

「悪い人じゃねぇよ。細かいことに気がつくし、化粧とか、着物とかに詳しくて仲居さんたちに重宝がられている」

「そこが、あんたとは大違いだね」

お民に言われて新吉はむくれた。

若いから仲居たちにかわいがられても良さそうなものだが、やはり「文句たれ」が災いしているらしい。

行かなくちゃとつぶやいて、新吉は立ち上がった。

ありがとうございますとていねいに挨拶をして帰っていった。

入れ替わるように、店の前に供を連れた女が辻駕籠に乗ってやって来た。髪を粋なつぶし島田に結い、藤色の着物に贅沢な更紗帯をしめている。抜けるように肌が白い。白玉の肌というのは、このことかと思うようなきれいさだった。

「おでかけ料理処というのは、ここのことかい。ひとつ頼みたいことがあるんだけれど。日本橋の白蘭屋という店のおかみ、お雁という」

はりのある、はっきりとした声で言った。

白蘭屋と聞いて、お民が顔をあげた。おかねが振り向いた。佐菜は小さく息を飲んだ。

権蔵は最初から女の顔に見とれている。

江戸の女で白蘭屋の名前を知らない者がいるだろうか。それほどに名の通った白粉と紅の店である。

人気のひとつが「美女白蘭香」という白粉である。

「だれでも白玉肌。美女の元」というのが、美女白蘭香の惹句である。白蘭の名は美貌の女形、三代目、村山菊之丞の俳号にちなんでいる。つまり、菊之丞、お気に入りの白粉ということである。

浮世絵の美人画の背景にさりげなく白蘭香の入れ物が描かれていたり、黄表紙の物語の中に登場したりする。

江戸には白粉や紅を売る店は数々あるけれど、それまで、役者や浮世絵を使って触れ込んだ店はなかった。もちろん佐菜も持っている。今は白粉も紅も無縁な暮らしではあるけれど。

「おでかけ料理人の佐菜は私ですが。どのようなご用件でしょうか」

佐菜はたずねた。

「若い娘さんがやっていると聞いて来たけど、噂通り、かわいらしい人だねぇ。頼みたいのは鶏料理。店のものを集めて、軍鶏(しゃも)鍋をやりたいんだよ」

「軍鶏鍋ですか……」

佐菜は口ごもった。

鶏料理はつくったことがない。いや、食べたことすらない。

日本橋の北橋詰めあたりに行くと、生きた鶏をかごに入れて売っているのを見かける。卵をとるためだと思っていたが、しめて食べることもあるのだろう。

そうすると、佐菜が鶏をさばくことになるのだろうか。魚をしめることもできないのに、鶏を扱えるのか。

「鶏鍋屋ってのもあるけれど、聞いてみたら客は男がほとんどだって言うんだよ。うちは女ばかりの所帯だからねぇ。赤い口で軍鶏鍋を食べていたなんて、噂になるのもしゃくにさわるからさ」

お雁がぽんぽんと歯切れよく言ったので、おかねは声をあげて笑った。

「ああ、まったくそうですよ。世間の人はよっぽど暇らしくて、たいしたことなくても噂にしたがりますからねぇ。うちに声をかけていただいて、ありがとうございます。うちの佐菜は若いけれど、料理の腕は確かですからね。江戸前の料理はもちろん、京大坂の味にも詳しいんですよ。この前なんか、米沢の料理もつくったんですよ。おいしい軍鶏鍋をご用意いたしますよ」

佐菜があれこれ考えて突っ立っている横で、おかねは調子よく話を進めている。

「お日にち、人数はお決まりですか。場所は、白蘭屋さんの店のほうでよろしいですか。代金のほうは鶏ですから、ちょっとお高くなるかと思いますが、それもご納得いただけますか。鶏や野菜のお代は立て替えますが、手間賃は半金を先にいただきます。もろもろは一度、そちらにうかがってということで」

「そうだね。それでかまわない。よろしく頼む」

待たせてあった辻駕籠に乗って行ってしまった。

駕籠を見送ると、佐菜は急に胸がどきどきしてきた。

「おかねさん。どうしましょう。軍鶏ですよ、軍鶏」

「いいじゃねぇか。あれはうまいよ。精がつく。しかも、白蘭屋だろ。こういういい仕事を断るようじゃ、あの立派な看板が泣くよ」

立派すぎる大きな看板を用意してくれた権蔵が、佐菜の肩をぽんとたたいた。

「あんたが気にしているのは、さばくところだろ。なんとか、なるよ。白蘭屋さんは景気が良さそうだから、いいお得意さんになってくれるとありがたいねぇ」

おかねはうれしそうな顔になった。

「それにしても、きれいな人だったねぇ。あの人が来た途端、ぱっと明るくなった。後光が射すっていうのはああいうことを言うんだろうか」

権蔵がつぶやいた。

「うん、たしかにそうだねぇ。化粧もうまいんだろうけど、元がいいんだろうねぇ」

おかねがうなずく。

「独り身だよね」とお民。

「それであれだけの店なんだ。立派なもんだよ」

もう一度おかねがうなずく。そのあたりのことは読売で読んだのか、町の噂か。佐菜も聞いたことがある。

「年は三十そこそこかい」

権蔵がたずねた。

「いや、もう少しいっている。ひょっとすると四十を過ぎているかもしれない」

お民が断言する。

「そんなことはねぇだろう。どう見たって三十一、二ってところだよ」

権蔵も譲らない。

「あたしは番台座って二十余年。毎日、女たちの肌を見て来たんだよ。あたしの目に狂いはないよ」

「そういうもんかねぇ」

そこまで言われたら、権蔵も引き下がらざるを得ない。

「それにしても、きれいな肌だったよ。白粉がいいのかねぇ」

「それだけじゃないよ。いろいろ塗ったりしているんだよ。ぬか袋とへちま水ってわけじゃないだろう」

おかねとお民は忙しさにかまけて、そのへちま水ですら塗るのを忘れてしまうくせに、あれこれと言い始めた。

「そういや、あんたんとこのおばあさんも、年にしちゃ肌がきれいだよねぇ。なんか、特別なことをやっているのかい」

突然、お民が佐菜に水を向けた。

「今はやっていないのですが、日本橋にいたころは毎晩、蘭方医に教えてもらった方法で顔を洗っていました。その方法というのは、まずは香りのいい油を顔にのばします。その後顔を洗ったら、なんども水を通してやわらかくなったさらし布をぬるま湯にひたして、顔をそっとなでるんです。冷たい水は肌がびっくりするからいけなくて、引っ張るのもしわになるからだめなんです。力をいれずに何度も顔をぬぐいます」

「ふーん、はじめて聞いたよ。さすがだねぇ」

お民が憧れの混じった声をあげた。

おかねもお民も、もちろん佐菜も、ほとんど化粧をしない。顔はぬか袋で洗い、へちま水を塗る。それで終わり。この界隈の女たちはたいていそうだ。

しかし、それは美容に関心が薄いということではない。

むしろ、反対だ。

粋を重んじる江戸の女たちは薄化粧を好み、京、大坂など上方の女は化粧が濃かった。上方では、御所の女たちが濃い化粧をするので、下々もそれに倣ったといわれる。一方、江戸の女たちは平日は素顔で過ごし、外出の時だけ化粧をする人が多かったらしい。

文化十年に『都風俗化粧伝』という本が出た。冒頭に書いてある。

そもそも都会だから美人で、地方だから醜女（しこめ）ということはない。

「都会の地の婦人は、その顔に応ずる化粧（けわい）を施し、身恰好に合う衣類を着するがゆえに、醜き女も美質（うつくしく）見ゆるもの也。……たとえ醜き顔容（かおかたち）、あるいはいかほどあしき難癖ありとも、この書を得て、その法のごとく仮粧（みじまい）なし給わば、たちまち……花の容（かたち）、月の貌（かんばせ）、百媚百嬌（ひやくびひやくきよう）をそなう美人となさしむること、何のうたがう処かあらん。」

つまり、この本の通りにすれば、だれでもかれでも、すばらしい美人になれるというのである。

それは、いくらなんでも自画自賛が過ぎるのではないかという気がするが、この本は売れに売れ、版を重ねたのである。

三益屋の室町の家にいたころ、佐菜は女中の竹と共に熱心に読んだ。竹は四十に手が届く固太りの女で、いつもお仕着せの藍の着物を着ていた。盆と正月以外は白粉を塗ることも紅をさすこともなく、ひたすら家を調え、料理をつくることに力を注いでいた。

そういう竹でさえ、美容に関心があった。

「ほくろを抜く方法」は、かぶをすりおろして、毎晩、ほくろの上に塗るのである。佐菜もやってみたが、あまり効果がなくて、すぐにやめてしまった。

竹は「色を白くし、顔の光沢（つや）を出し、しわをのし、一生年寄りて見えざる手術の伝」というのを熱心にやっていた。

これは手の平をすり合わせ、手が温かくなったら額、鼻の脇、頰、口のあたりを何十回もなでさすり、さらに両目のまぶた、耳の両脇から耳をよくなでろというものである。これを毎日欠かさず行うと顔の血のめぐりがよくなり、古い血が新しい血と入れ替わって色が白くなって艶も出て、しわが出ず、顔の吹き出物が出なくなる。さらに、眼もぱっちり、耳もさわやかになるそうだ。

「五年続ければ、顔の色形が少女（むすめ）のごとくなる」とまで書いてある。

竹は湯が沸くのを待つときなど、手の空いたときにこの方法を続けていた。それに気づいたおばあさまが自分の使っているいい香りのいい油を分けてあげた。

「こんないい油、竹はもったいなくて使えません」

竹は泣きそうな顔になり、油壺を大事に引き出しにしまい、代わりにへちま水で顔をしめらせてなでていた。

佐菜が思い出にふけっている間、おかねとお民も熱心に語り合っていた。

「いやいや、おかねさんは若いから肌に力があるんだよ。日焼けしても、秋には白くもどるだろう。あたしなんか、一昨年の日焼けが消えない。しみになって残っているんだ」

「そんなことないよ。お民さんはきれいな肌をしているよ。やっぱり、ふだんから手をかけないとだめなのかねぇ」

権蔵はなにか言いたそうな顔をしているが、言わない。ここで一言でも口をはさむと、大変なことになるのが分かっているからだ。


家に戻って夕餉のときに、おばあさまに軍鶏鍋のことを相談した。

「鶏はおいしいですね。わたくしは以前、京料理の店で加茂なすの鶏味噌がけというものをいただいたことがあります。大きくて実のやわらかな京のなすを半分に切って唐揚げにして、そこにつくねにした鶏肉を味噌や酒やみりんで煮たものをのせるのです。なすの実がとろけるようにやわらかくて、鶏のうまみとよく合いました。臭みなんか、ひとつもないんですよ」

おばあさまは青菜の炒め物を食べながら言った。

膳には、おかねの店でもらってきた油揚げと青菜の炒め、青菜の白和え、青菜の辛し和えが並んでいる。その日のうちに食べないとならないものを分けるので、こんな風に青菜ばかりになることもめずらしくない。

「私はそのような鶏料理はいただいたことがありません」

佐菜は少し残念な気持ちで言った。

「だってそれは、無理ですよ。鶏を一羽買っても食べきれないでしょう。だから、わたくしは竹に鶏料理を習いに行かせるのはやめたのです」

おばあさまは食べることは好きだが、台所に立つ気持ちはない。それで、自分の代わりに女中の竹をあちこちの料理屋に習いに行かせたり、料理人を招いたりして教えを乞うた。だから、竹は料理の技の基本中の基本、一番だしも完璧に取れる。江戸前の天ぷらも、京料理の美しい炊き合わせも、つくることができる。

そして、その技をそっくり佐菜に伝授したのである。

「たしか、軍鶏鍋のつくりかたを書いた本がありましたよ」

　おばあさまは佐菜が膳を下げると、自分の部屋へ向かった。壁の大きな棚にはたくさんの書物が積まれている。三益屋がなくなった後、暮らしのために着物や掛け軸など、さまざまなものを売りに出したけれど、これらの本だけは手放さずにここまで持って来たのである。

　積まれた書物には内容が分かりやすいよう、それぞれ目印のしおりの紐がはさまれている。おばあさまは丹念にそれをながめていき、冊子を抜き取った。

「軍鶏は闘鶏用の鶏なんですよ。だから、ふつうの鶏肉よりも肉がしまって歯ごたえがあるそうです。つくり方は難しくなさそうですよ」

　直径七寸ほどの浅い鍋を使い、鶏肉のほかにはねぎ、ごぼう、豆腐など。みりん一、酒一、醬油二、水六の割り下をいったん沸騰させ、そこに鶏肉や他の具材を加えて煮ながら食べる。好みで粉山椒をふる。

　説明はこれだけだ。たしかに難しくはない。さばいた軍鶏肉さえ手に入れば。

「女の方が多いそうなので和え物などを添えるといいでしょうね」

　おばあさまが言って首を傾げた。

「これはふつうの軍鶏鍋だけれど、それでいいのかしら。だって、ほかの人に見られるのが嫌なら、軍鶏鍋屋さんを貸し切りにすればいいいんですよ。そうでなければ、お馴染みの店があるでしょうから、そこで特別につくってもらうとか……」

「つまり、なにか特別な理由があるとか、あるいは味つけのご希望があるとか」

「そこを、きちんと聞いて来ないとね」

おばあさまは答えて冊子を閉じた。

2

佐菜は毎朝、神田駿河台に能の囃子方、石山流宗家の嫡男、専太郎の朝餉をつくりに通っている。六歳になる専太郎は仕舞と謡の稽古をはじめ、武家の子供たちと触れ合って、以前より食べるようになった。とはいえ、相変わらず、魚全般、緑と赤の野菜が苦手だ。

「俺も以前は、なすが苦手だったが今は平気だ。専太郎も目をつぶって食べれば大丈夫だ」と仲良しの勘太郎（かんたろう）に言われたそうだ。

能楽の先生には「そういうのは食わず嫌いというんだ。なんでも食べないと、大きくなれないぞ」と諭された。

しかし、専太郎の場合はもう少し重症だ。気分が悪くなってしまう。

専太郎は白飯ときのこの白和え、大根と油揚げの煮びたし、漬物、豆腐の味噌汁を静かに食べている。ふと、顔をあげて佐菜に言った。

「仕舞の稽古に来る朋輩たちは、みんな鍋が好きなのだそうです。今度、一緒に食べようと言われました」

「鍋をいっしょに……。鍋には魚や青菜など、いろいろな具が入っていますよね……」

「そうなのです。そこが困ったところです。みなで同じものを食べると絆が深まると言われました」

専太郎の長いまつげが影をつくった。

武家の子供たちが言いそうなことだ。

「断りにくいです……」

せっかく同じ年ごろの友達ができたというのに鍋でつまずいてしまうのか。

「困りましたねぇ」

佐菜は食後の茶をいれながらため息をついた。

おかねの店に行くと、お民が顔を赤くしてやって来た。

「白蘭屋のことで小耳にはさんだんだけどさ」

あけぼの湯には町内のほとんどの者が来る。噂はどこよりも早く伝わるのだ。

「ほら、髪結いの時（とき）ちゃんは白蘭屋に出入りしているだろ。それで女たちが話していたんだってさ。女形の村山菊之丞が白蘭屋とのつきあいを止めて、紅花屋の看板になるらしいよ」

「へぇ、なんで？」

おかねが芋をむく手を止めた。

「紅花屋は老舗だからね、前々から白蘭屋のやり方が気にいらなかったらしいんだよ。苦々しく思っていたんだってさ。それで菊之丞を自分たちの側につけて、白蘭屋をつぶしにかかることにしたって噂だ」

「そりゃあ、大変だよ。のんきに軍鶏鍋を食べている場合じゃないよ。……いや、それで軍鶏鍋かな？」

おかねは合点した顔になる。

「そうだよ。あのお雁さんがやられっぱなしになるとは思えないよ」

「なんだか、すごいことになって来たねぇ。読売屋に教えてやりたい」

「とっくに知っているかもしれないよ」

二人はうれしそうに笑う。

「ほら、佐菜ちゃん、早く白蘭屋に行って話をまとめておいで。ついでに、あれこれ聞いて来るんだよ」

おかねとお民が声を合わせた。

白蘭屋は、越後屋のある駿河町を折れて少し歩いたところにある。さほど大きくはないが白壁の新しい店だった。

裏に回って案内を乞うと脇の小部屋に通された。待っているとお雁が来た。

万筋と呼ばれる細縞の着物に黒い繻子の帯で、大きく結った髪と紅を塗り重ねて玉虫色に光る唇が目をひいた。

「わざわざ来てもらってわるかったね。軍鶏鍋の話をしたら、うちの女たちは大喜びだよ。鶏は手で持って骨の周りの肉をかじるのがうまいんだよ。とくに骨の端のコリコリしたところがいいんだ。あれを食べると、次の日は、肌がつるつるだ」

お雁は目を細めた。

「早い方がいいから明後日でお願いできないかね。全部で十五人。奥の八畳の座敷を使うつもりだから、七輪を五つほど用意すれば足りるだろう」

てきぱきと話を進めて行く。佐菜は台所も見せてもらった。

三畳ほどの板の間にかまどのある土間があって、外には井戸があって洗い場になっている。女たちが化粧に使った手ぬぐいや刷毛を洗っていた。

お雁が佐菜の顔をじっと見ていた。

「料理人さんは化粧をしないのかい？」

「……料理に白粉の匂いがつくと困りますし、紅を塗っていると味見ができないので」

佐菜はどぎまぎしながら答えた。

「でも、友達と会ったり、芝居を見たりするときは塗るんだろう」

「……あまり、そういうことはしないので」

「若いお嬢さんがそんなことではいけないよ。せっかく、かわいらしいお顔なんだからもったいないよ。店の方を案内させるから見て行ったらいい。女の人が好きなきれいなものがたくさんあるよ」

かわいらしいと言われて佐菜は頬を染めた。

おばあさまは細面ですっと鼻筋が通った美人顔である。骨格からきれいなのだろう。年をとっても美貌は衰えない。父の佐兵衛も涼し気な眼差しとまっすぐな鼻の凛々しい男ぶりだった。

一方、母の富美(ふみ)は黒目勝ちの丸い目とふっくらとした頬の少女のような愛らしい顔立ちであった。

父方と母方、二つの流れは佐菜の中で混じり合い、平凡な顔立ちになった。

権蔵に「ばあさんは美人だけど、あんたはそれほどでもないなぁ」と言われるけれど、自分でもそう思う。

きれいだなどと、言われたことがない。

そんな佐菜のようすにはおかまいなく、お雁は佐菜と同じくらいの娘を呼ぶと「それじゃあ、よろしくね」と言って部屋を出て行った。

「私は野菊(のぎく)といいます。よろしくお願いします。本当の名前は別にあるんですけれど、ここの人たちはみんなお花の名前をもらっているんです」

薄く白粉を塗って紅をさした野菊は、明るい声で言った。

店は女たちで混みあっていた。棚にはずらりと小町紅が並んでいる。

小町紅というのは、小さなおちょこや貝殻の内側に紅を塗って乾かしたものだ。玉虫色に光っているが、水をふくませた筆にとるとあでやかな紅色になる。薄く塗れば淡い桃色、濃く塗れば華やかな紅になる。先ほどのお雁は塗り重ねて玉虫色に光らせていたが、これは最高の贅沢だ。

というのも、紅はとても高価なのだ。

「紅花からとれる汁は九分九厘が黄色で、紅色は残りの一厘なんです。ひと皿の紅をとるのにおよそ二千輪の花が必要なんですよ」

野菊はそう説明しながら、小町紅を一つ手に取った。

おちょこの箱には人気女形の三代目、村山菊之丞の横顔が描かれていた。

「今月は『本朝廿四孝（ほんちょうにじゅうしこう）』の八重垣姫の衣装です。来月は、お染久松のお染の絵柄が出ます」

「月替わりででるんですか？」

「はい。だから、毎月買って集めている方もいらっしゃいます」

おそらく普通のものより値段も高いのだろう。それでも、欲しくなるのが贔屓（ひいき）というものだ。

「じゃあ、少し紅を塗っていきませんか」

野菊は佐菜の手を取った。

気づくと佐菜は鏡の前に座らされていた。少し離れたところに女が座っている。

どこかの店のお内儀だろうか。よい身なりをしていた。

「襟元を少し広げさせてもらいますね」

野菊は手際よく佐菜の着物の襟を広げ、白粉で着物が汚れないよう肩に手ぬぐいをのせた。

「最初にこの美顔水で脂と汗を拭きとって肌を調えます。家にあるへちま水でもいいんですよ。それから、こうやって……」

水で溶いた白粉を刷毛で手際よく頰から鼻、口のまわり、耳、首筋におき、手でのばす。

「鼻のあたりだけ白粉を濃い目にします。そうすると鼻筋が立って見えます」

水をつけた刷毛で白粉を伸ばし、半紙をあてて上から水をつけた刷毛ではいて白粉を肌になじませ、半紙をはがして、乾いた刷毛で余分な白粉を落とす。最後に湿らせた手ぬぐいでまぶたの上や目尻をなでて、白粉を薄くした。

この手順は『都風俗化粧伝』にも書いてあった。

あれこれとやってもらううち、佐菜は自分がまな板にのせられた鯉になったような気分になった。

化粧に使うのは白粉と紅と眉墨の三色だけだ。それを組み合わせて美人をつくるのである。眉は太めか細めか。まっすぐか、山形か。まぶたの白粉を強めにしたり、ぼかしたり、紅を入れたりする。紅だって淡く塗るのか、濃くするか。輪郭をくっきり描くなど、技がある。

魚の場合は、鯛もかさごもぼらもきすも、みんなそれぞれ美しい。だが、人の場合はそうはいかない。目はこう、口はこうと、決まった姿かたちがある。

一体、だれが、いつ決めたのだ。

不思議なことだと思うけれど、きれいなものはきれいなのだから仕方がない。

「できましたよ。どうですか」

いわれて佐菜は鏡を見た。

白粉を塗り、まぶたにもほんのり紅をさした若い娘が恥ずかしそうにこちらを見ていた。

「これが私？」

「そうですよぉ。よくお似合いです。たまにはお化粧をしてください。もったいないですよ」

「恥ずかしいわ」

「いえいえ、このまま帰って、おうちの方に見せてくださいね」

野菊は手早く佐菜の襟元を合わせ、髪を簡単に整えた。近くにいた店の女たちが集まって来た。

「料理人さんは、いいうちのお嬢さんなんですねぇ。育ちは隠せないもの。今度は髪も着物もお顔にあわせましょうよ」

まんざらお世辞でもない様子で言う。

佐菜はますます恥ずかしくなって、逃げるように店を出た。

日本橋の通りはいつものようにたくさんの人が行き交っている。佐菜は顔を伏せ、足早に神田に向かった。鏡の中の自分の顔が浮かんで来る。

薄化粧をした佐菜は初々しく、かわいらしかった。

室町の家にいたころ、佐菜もときどき化粧をした。『都風俗化粧伝』を見ながら工夫をしたこともある。けれど、やはり「本職」にはかなわない。

全然違うのだ。

歩いているうちに、だんだん誇らしいようなうれしい気持ちになってきた。

家に帰ったらもう一度、鏡でよく見てみよう。

そう思って顔をあげたら、向こうから新吉がやって来るのが見えた。人の良さそうな小太りの中年男といっしょだ。二人とも大きな荷物を持っていた。

「あれ？　どうしたんだ、その顔。お前、化粧しているのか？」

驚いた顔で新吉がたずねた。

「うん、だから、ちょっとおでかけ料理の相談で……」

新吉は突然、大きな声で笑い出した。

「おっかしいよ。やめた方がいいよ。変だよ、その顔」

かっと体が熱くなった。

「そんなこと言うもんじゃないですよ。きれいな娘さんじゃありませんか。いつもと違うからびっくりしたんでしょ」

連れの男が諫める声が聞こえたような気がしたけれど、その後のことはよく覚えていない。顔を伏せ、夢中で家まで走って帰った。恥ずかしくて涙が出た。おばあさまは家にいなかったので、そのまま井戸端に行き、じゃぶじゃぶと水をかけて洗った。

翌日、佐菜がおかねの店にいると、新吉がやって来た。

佐菜は昨日のことが恥ずかしくて、店の奥に隠れた。

「ごめんな。笑うつもりじゃなかったんだよ」

新吉はうつむいて、ぼそぼそと言った。

「なんだよ。どうしたのさ。笑うってなんだよ」

おかねがたずねた。

「……白蘭屋に行って軍鶏鍋の話をした後、……化粧をしてくれるって言われて、それで……」

「きれいに化粧をしてもらった顔を見て、こいつが笑ったのか。ひどい奴だ」

おかねが新吉をにらんだ。

「いや、だって……。いつもと全然違うからさ……。つい……。悪かったよ。きれいだって、ちゃんと褒めなくちゃいけなかったんだ。徳蔵に言われたんだ。あ、徳蔵っていうのは昨日、いっしょにいた下足番な」

そう言えと注意されたから来たのか。

――ちゃんと褒めなくちゃいけなかったんだ。

きれいじゃないってことじゃないか。

似合ってなかったってことじゃないか。

佐菜はもう一度傷ついた。

「あのさ、お前、鶏さばくのを見たくないか。今日、板長が鶏をさばくんだよ。江戸芳でも鶏をさばけるのは板長だけだ。だからさ、見に来ないか。板長がいいって言ったんだよ……」

断ろうと思ったら、おかねが先に答えた。

「ああ、そりゃあ、いい。めったに見られないもんな。行っておいでよ。なんでも勉強だ」

その一言で、佐菜は行くことになった。

江戸芳の厨房のまな板の上に、羽根をむしった軍鶏が横たわっている。板長が包丁を持って立ち、そのまわりにほかの料理人が並ぶ。佐菜と新吉はさらに後ろである。

「いやあ、昨日はどうも。そこじゃあ、見えないでしょう。この台に乗れば、見えますよ」

徳蔵が台を持って来てくれた。それに乗ると、板長の手元が見えるようになった。

羽根を抜かれた鶏が長く首をのばし、太い腹を上にして横たわっていた。生白く、全身に鳥肌がたっている。肩があって、腹に続き太い脚が伸びている。鶏の羽根をむしると、こういう姿をしていたのか。

佐菜は不思議な思いで眺めた。

板長は包丁を手にすると、長い首の先にある小さな頭を切り落とした。血は抜いてあるから出ない。ひょいと裏返し、尾の部分を切り落とした。

板長は迷いのない様子で仕事を進めていく。鶏を横に倒して背に包丁を入れ、再びひっくり返して今度は腹の方から切る。ももを両手でしっかりと持つとぐいと力を入れて外側に折り曲げた。鈍い音がして腰の関節がはずれ、肉が見えた。

「よく動かす場所だからもも肉は歯ごたえがあって、うまみも強い。野菜といっしょに煮ても、焼き物にしてもうまい。胸はやわらかいが火を入れ過ぎると、ぱさつく。だから、葛仕立てにして、うまみを閉じ込める」

板長は説明をしながら、切り進めていった。

ももを切り離し、今度は胸肉を切り取る。手羽を切り取り、付け根と先端の二つに分ける。残った骨からささ身を外した。

みるみるうちに、鶏は肉をはがされ骨になっていく。

板の上にもも肉、胸肉、ささ身、手羽、骨などが並んだ。

「残った骨はだしをとる。骨の近くの肉をけずってつくねにする。私は食べたことがないが、鶏を食べることの多い長崎の唐人はとさかや足先も料理に使うそうだ」

魚をたくさん食べる日本人は魚の食べ方をよく知っている。
頭や皮、目玉のまわりの透明な部分がおいしいと言う人も多い。実際、骨のまわりに残った身や皮はうまみがあり、上手に生かす料理がある。それと同じことなのだろう。

板長がその場を離れると、別の料理人が骨を切り分け、内臓を取り出した。

「わたも食べるの？　どうやって？」

佐菜は新吉に小声でたずねた。

「ねぎとしょうがをたっぷり入れて味噌で煮込む。これがうまいんだ」

うれしそうな顔をした。

「鶏肉をさばいてくれるところはないのかしら」

「なんだ、お前。煮売り屋で鶏料理を出したいのか」

小さな声でたずねたのに新吉が大きな声で答えるから、離れた場所にいた板長の耳に届いたらしい。

「おでかけ料理人さんだったかな。どうだい？　少しはためになったかね」

「……はい。……板長の手際があまりにすばらしくて……。とっても真似はできません」

「あたりまえだよ。あんた、鶏をさばくつもりだったのかい」

並んでいた料理人たちから声があがり、笑いが起こった。

「悪いことは言わない。鶏料理はお勧めしないよ。魚とは違うからね。血もたくさん出るし、臭いもきつい。若い娘さんが扱うものじゃないよ」

板長は真顔で言った。

「つくねやささ身ならともかく、女が骨付きの肉をかじっているところなんか見たくねぇなぁ」

年嵩の料理人が言うと、またみんなが笑った。

新吉に礼を言って、おかねの店に戻って来た。

「どうだった？　やり方がわかったかい？」

おかねがたずねた。

「鶏料理は若い娘さんにはお勧めしないって言われた」

「じゃあ、鶏鍋屋に頼んで軍鶏をさばいてもらって、それを持って行けばいいんだよ」

「でも、それなら、私は何をするんですか？」

「和え物とか、なにか一、二品、つくればいいんじゃないのかい？」

「そんなお手軽なことでいいんでしょうか。材料を切っておけば、自分たちで煮るんですよ。あまりに簡単で申し訳ないです」

「そんなことないよ。芋の煮ころがしだって立派な料理だよ」

二人でそんなことを言っていたら、お客が来た。

徳蔵だった。人の良さそうな笑みを浮かべて店の前に立っていた。

「先ほどは失礼しました。新吉さんから、白蘭屋さんのところで軍鶏鍋をつくるって聞いたもんですから。お節介かなと思ったんですが、ひとつ、お勧めしたいものがありまして」

懐から小さな壺を取り出した。

「味噌だれです。江戸は醤油味の割り下を使うけれど、白蘭屋のおかみは味噌味が好きなんです」

「……そうなんですか。……この方は新吉さんが言っていた……江戸芳に新しく入った……」

佐菜は口ごもったが、徳蔵はにこにこして続けた。

「下足番です。いや、仕事ってのはなんでも難しいもんですねぇ。下足番は楽な仕事かと思っていたら、なかなかどうして奥が深い。苦労していますよ」

徳蔵が笑うと細い目が三日月のようになった。丸い顔に丸い鼻。髪には銀が混じり、目尻にはしわがある。邪気のない口ぶりに、昔から知っているような気持になった。

「そりゃあ、わざわざご親切にすまないねぇ。立ち話もなんだから、中にお入りよ」

おかねは如才なく招き入れた。

「じつは昔、あれこれあって白蘭屋さんとおつきあいがあったんですよ。で、そのときにおかみから教えてもらった。尾張の方の豆味噌と唐辛子、それに砂糖が入っているんです。江戸は醬油味がふつうだけど、おかみは尾張の方の出だからこの赤い味噌味が好きなんです。軍鶏鍋をつくるんなら、ぜひ、この味噌だれを割り下に使ってください」

おかねはさっそく箸にとって味見をした。

「ほう、甘くてしょっぱくて……、ぴりりと来るか。これは、うまいよ。佐菜ちゃん、あんたも食べてみなよ」

佐菜も箸の先につけてなめてみた。

「おいしい。これは野菜や豆腐のたれにしてもいいですね」

「さすが、分かっていらっしゃる。そうなんですよ。鶏皮を炭火で焼いて、この味噌をつけて食べるのがうまい。酒が進みます」

徳蔵がごくりとつばを飲み込む。おかねもうなずく。

「味噌やそのほかの材料の『割』を教えてもらえますか」

佐菜が冷静にたずねた。

「尾張の豆味噌。これさえ用意して、あとは適当に混ぜればこの味になりますよ。壺ごと置いていきますからね、あとはよろしく。……おっと、そうだ。軍鶏肉ですけれどね、池之端に『丁子屋(ちょうじや)』っていう軍鶏肉を出す店があるんですよ。そこのおやじに頼んでみてください。白蘭屋で軍鶏鍋をするというと受けてくれると思いますよ」

「すみません。なにからなにまで教えていただいて。でも、どうして、こんなに親切にしてくださるんですか？　わざわざこちらまで足を運んで」

「佐菜さんのことは、新吉さんからあれこれ聞いていましたからね。それに、昨日のお詫びも少し。あれは誰が見ても、新吉が悪い。笑うなんてひどいですよ。だけど、あいつは照れ屋だから、あんな言い方しかできなかったんですよ。許してやってください」

ぺこりと頭を下げて戻って行った。

3

白蘭屋で軍鶏鍋の宴会が始まった。

部屋に七輪を置き、専用の鍋をのせた。具は軍鶏肉にごぼう、ねぎ、豆腐だ。軍鶏肉は池之端の丁子屋で用意してもらったもの。徳蔵にもらった味噌で味をつけた。

仕事を終えた女たちが座敷に集まってきた。

その姿を見て、店でやりたいと言った意味が分かった。女たちは化粧を落とし、汚れてもいい木綿の着物でやって来たのだ。

白粉を落としたお雁は陶磁器のような白いきれいな肌をしていたが、目尻にはしわがあった。美人であることは変わらないが、親しみやすさが加わっていた。

「この間はありがとうございました。野菊です」

　挨拶されて驚いた。きれいに白粉を塗っていたから気づかなかったが、素顔は色黒でそばかすがあった。

　ほかの女たちも次々やって来て座った。下は十五、六から上は四十過ぎと思える人たちまで十五人。

「さあ、今日は無礼講だからね。思いっきり食べて飲んで、騒ごうじゃないか」

　お雁が言って宴がはじまった。

　女たちは最初から茶碗酒だった。よくしゃべり、よく笑い、軍鶏肉を頰張る。骨付き肉も内臓も、怖れることなく食べている。

　鍋はぐつぐつと音をたて、肉はもちろん、豆腐もごぼうも煮えたそばから女たちの腹に収まっていく。青菜のおひたしも、れんこんときのこの酢の物も、かぼちゃの煮物も次々と消えていく。

　しめは卵雑炊である。

　鶏のだしがたっぷり出た煮汁にご飯を入れて、卵でとじる。ぐつぐつと煮立った鍋に白飯を入れ、金色の黄身がとろりとご飯にからめば食べごろだ。

　食べて飲んで、お腹がいっぱいと言っていた女たちも競争するように卵雑炊を食べていた。

しかし、宴は序の口で、この後は演芸大会である。座敷の正面が空いていると思っていたら、そこが舞台になった。

「知らざあ言って聞かせやしょう」という歌舞伎の『白浪五人男』の名乗り口上を演じる者がいれば、三味線と唄があって手妻になった。

野菊が太い眉とひげを描き、紙でつくった刀を差して出て来たときには驚いた。追手に扮した朋輩をばっさ、ばっさと斬って見得を切った。

仲間たちは腹を抱えて笑い、声をかけた。

廊下に座って眺めていた佐菜の隣にお雁が座った。

「みなさん芸達者ですねぇ」

「そうだろう。この日のために稽古を積んでいるんだ。うちの仕事は厳しいからね、その分、遊ぶときは遊ばないと。……あんた、この仕事をはじめてどれくらいになる？」

「まだ、一年にもなりません」

「あんたを見ていたら、この仕事をはじめた頃のことを思い出したよ。あたしは十四で田舎から出てきて、両国の白粉と紅を売る店で働いた。あたしは人をきれいにするのが好きなんだ。化粧がはげている人を見るとほっておけなくて、店の端で塗り直してやったんだ。そのとき、小さい筆があった方がいいですよ、鏡も大きいのにしたらどうですかって勧めた。実際、そのほうがいいんだよ。何の職人だって、道具がなかったら、いい仕事はできないじゃないか。……そのうち、あたしを名指ししてやって来るお客が増えた。紅も筆も、そのほかのものもよく売れた。店の主は喜んだけど、おかみは面白くなかったんだろうね。……居づらくなってそこを辞めた。あたしといっしょに店をやりたいって男がいたんだ。たまたま同郷でね、それで仲良くなった」

「ご亭主ですか？」

「そのときは、違ったけどね。その人が言ったんだ。自分で値段をつけられるものを売らなくちゃだめだって」

「どういうことですか？」

「白粉も紅も問屋から仕入れる。値段は問屋が決めるんだ。大きな店はたくさん買うから安くしてもらえるけど、あたしたちみたいな小さな店はだめだ。それじゃあ、いつまでたっても大きな店に勝てないよ。だったら、特別なものをつくってもらえばいいんだ。それで二人で考えて、おちょこの箱に菊之丞さんの顔を描いた紅を売ることにした。あたしも若くて怖いもの知らずだったから、菊之丞さんのところに行って話をしたんだ。面白いって言ってくれた」

お雁は遠くを見る目になった。

「それから浮世絵や黄表紙を使ったり、いろいろやった。苦労もあったけれど、店は大きくなった。それで、あたしは勘違いしちまったんだね。なにもかも、自分の手柄のような気がしたんだよ。……それで、それぞれの道を歩むことにした。五年前のことだ」

「その方とは、もう、会うことはないんですか」

「ないね。二人でそう決めた。……だけど久しぶりに軍鶏鍋を食べたら、その人のことを思い出したよ。今まで、いろんなことがあったんだよ。問屋にだまされたり、店の金を持ち逃げされたり、仕入れた白粉と紅が雨にあたって使えなくなったり。困り果てて、明日からどうしようっていうときに、食べたのが軍鶏鍋さ。踏ん張る力が湧いて来る。……味噌仕立てが好きだってことは、だれかに聞いたのかい」

佐菜の顔を見た。

「ええ……。たまたま昔のお知り合いという方がいらして……」

徳蔵の人の良さそうな笑顔を思い出しながら言った。

「その人は元気でやっていたかい」

含みのある言い方だった。佐菜は徳蔵のことを伝えようかと思った。けれど、そうすると、江戸芳で下足番をしていることも話さなくてはならなくなる。徳蔵がお雁とつきあいのある人だったとしたら、詳しいことは黙っていたほうがよさそうだ。

「……はい。楽しそうにお仕事をされていました」

「それならよかった。……」

お雁はそれ以上、聞かなかった。

「大変なことは山ほどあったけど、今が一番の大波だ。だけど、あたしは乗り越えるからね。あたしは負けない、へこたれないんだ」

お雁は強い目をしていた。座敷からは野菊たちの元気のいい笑い声が響いて来た。

佐菜は徳蔵に、お雁が喜んでいたと礼を言った。その折、軍鶏鍋や昔、暮らしていた人についての思い出を聞いたことは黙っていた。徳蔵もなにもたずねなかった。

けれど、それから後に聞くのは白蘭屋の悪い噂ばかりだった。古株の客あしらいのいい女が紅花屋に移ったとか、店は閑古鳥が鳴いていて棚には紅も白粉もなかったなどとささやかれた。

佐菜は白蘭屋まで行ってみた。女たちの顔は暗く、お客の数も減っていた。

それは三益屋の最後の日々を思い出させた。評判の芳しくない、落ち目の店から買いたい人はいない。とくに白粉や紅のように肌につけるものは、勢いがあって、よい運気に満ちた店のものを選びたい。

十日ほど過ぎた晩、夕餉のときにおばあさまに相談した。

「お気の毒に。なにをしても裏目に出るという時はあるものなのですよ。そういうときに大事なことはね、主は投げだしてはいけないんです。最後まで店のために働くんです。でも、傷が深くなるだけだと悟ったら未練は禁物です。捲土重来（けんどちょうらい）。時を待つんです」

「捲土重来未（いま）だ知る可（べ）からず」と繰り返した。一度敗れたり失敗したりした者が、再び勢いを取り戻して巻き返すことのたとえである。

おばあさまの言葉はまだ投げ出すなということだろうか。それとも、もうその時は過ぎたから手放したほうがいいということだろうか。

佐菜は昼下がりの手の空いた時刻を選んで、江戸芳に徳蔵をたずねた。

徳蔵は洗いざらしの色のあせた藍色のお仕着せの着物で現れた。日に髪の銀色が光った。

「あの……もう一度、お雁さんに料理をつくりたいのです。なにがいいのか、教えてもらえませんか」

「そういう注文があったんですか」

「いえ。……私が勝手につくってもっていきます。お雁さんに元気を出してもらいたいんです。……お雁さんはあの晩、私に言いました。今が一番の大波だけれど、自分は負けないと。だから今、闘っているのではないかと……」

「お雁さんから私のことを聞いたんですね」

「お名前は出ませんでした。私も詳しいことは話しませんでした。ただ、……そうではないかと思っただけです」

徳蔵は低く笑った。

「半月ほど前、あの人が江戸芳に来たことがあるんですよ。私はすぐ気がついた。あんな風に着飾って堂々としている女はめずらしいから。私は思わず物陰に隠れた。自分の商いをしたいと言って別れたのに、結局店を手放した。ついに困って下足番にまで落ちてしまったから。そういうみじめな姿を見られたくなかった」

大きくため息をついた。

「それでも、あの味噌だれを渡したのは、白蘭屋の噂を耳にしていたからです。私のことを思い出してほしいという気持ちも少しはあったからかな。矛盾するようですけれど。……そうだな。あの味噌で煮物をつくってみたらどうですか。焼き麩にれんこん、ごぼう、芋、こんにゃく。見た目が黒くなるくらいよく煮て、味をからませるんですよ。いっしょになったばかりの頃、お雁はよく自分でつくって食べていました」

いつもの人の良さそうな顔つきになって言った。

「白蘭屋が大きくなって、私は自分の力を過信してしまったんだ。おちょこの箱に歌舞伎役者の顔を描くことを思いついたのは私だ。黄表紙や浮世絵を使うことも。私はぼんやりのお人良しに見えるでしょ。そこがいいんですよ。人に警戒されない。懐に入るのがうまい。そんな自惚れがあった。お雁が前に出ているけれど、この店を動かしているのは私なんだ。でも、それは勘違いだった」

「お雁さんも同じことを言っていました。なにもかも自分の手柄のような気がしていたと」

ほおという顔になった。

「そうか。そんなことを言っていましたか。本当に、私たちはよく似ているんだなぁ。だから、いいときはいいし、ぶつかるときはぶつかるんだ」

声をあげて笑った。急にまじめな顔になって言った。

「腹を空かせているようなら飯と汁をつくってやってください。その金は私が出しますから。なに、それぐらいは出せるんですよ」


佐菜は徳蔵に教わった通りに煮物をつくり、夕方、白蘭屋に持って行った。勝手口をたずねると、野菊が出て来た。

「あれっ、今日は？」

「先日のお礼です。味噌だれで、煮物をつくってみました。気に入っていただけるといいのですが」

野菊が奥に消え、入れ替わりにお雁が出て来た。華やかな化粧をしていたが、疲れているのか目に険があった。

「わざわざ申し訳なかったねぇ。江戸じゃ、こういう煮物はなかなか食べられないんだ。ありがとう。うれしいよ。あとで野菊たちと一緒に食べることにするよ。朝からなにも口にいれていないんだ」

「それはよくないですよ。忙しい時ほど、ちゃんと食べないと。ご飯はありますか？　炊きますよ。温かい汁も」

「いや、それは……」

「お代はいただいています。……徳蔵さんから」

お雁の目が大きく見開かれ、涙がほろりと落ちた。

佐菜は台所に行くとかまどに火を入れ、白飯を炊いた。戸棚に切り干し大根があったので、それを味噌汁の具にした。

膳を調えた。店に残っているのは五人だった。後の人たちは暇をとったらしい。白飯に切り干し大根の味噌汁に、味噌味の煮物。戸棚にあった味噌漬けの大豆を添えたので、味噌味ばかりの膳である。

温かい味噌汁は切り干し大根からいいだしが出ている。味噌だれの煮物のれんこんはもっちりとして里芋は芯までやわらかく、ごぼうは味があり、焼き麩はそれらのうまみを全部吸って甘くてしょっぱくて、ぴりりと辛い。

「ああ、おいしいねぇ。生き返るようだ」

お雁が言った。

「あたしは今、気がつきましたよ。お腹がぺこぺこだったんです」

野菊が言ったので、ほかの女たちが笑った。

「おかみさんのふるさとの味なんですか」

年嵩の女がたずねた。

「そうだね。あたしの元気の源だ」

お雁は明るい声をあげた。

佐菜はほうじ茶を入れた。温かい、香りのいい茶を飲むと、女たちはまた立ち上がり、持ち場に戻って行った。

佐菜が片付けを終えて帰ろうとすると、お雁が見送りに出て来た。

「今日はありがとう。徳蔵さんに伝えておくれ。うれしかったよ。これからのこと、よく考えてみるから。無理はしない。大丈夫だから。……煮物を食べたら、店をはじめたころのことを思い出した。そうだよ。あたしたちは何にもない所から始めたんだ。最初に戻るだけなんだ。惜しいものなんかないんだよ」

お雁は晴れ晴れとした顔をしていた。

「そのこと、ちゃんと伝えます」

佐菜は答えた。

江戸芳に着いたときは、空に星がまたたいていた。

勝手口から入って玄関の脇まで行くと、徳蔵がしゃがんでお客の草履や下駄の泥をぬぐっていた。背中を丸め、ひとつひとつ、ていねいに仕事をしているのが伝わって来た。

徳蔵もお雁も、こんな風にきちんと仕事を積み重ねて来たのだろう。けっして話題だけを狙った派手な商いをしてきたのではない。

そっと声をかけると、徳蔵が振り向いた。

「白蘭屋さんに煮物をお届けしました。ご飯と汁もつくってきました。みなさん、とても喜んでいました」

お雁の言葉を伝えると、徳蔵は小さくうなずいた。

「そうか。それならよかった。そのことが心配だったんです」

その日から、おかねの店にときどき、真黒な煮物が並ぶようになった。

「しょっぱそうな食いもんだなぁ」

権蔵はしかめ面になった。

「まぁ、騙されたと思って食べてごらんよ。おいしいよ」

おかねに言われて、権蔵はおそるおそる手を出し、目を見張った。

「へえ、ちょいととんがらしが利いているのか」

「これはどこの料理だよ。めずらしいねぇ」

お民は仕事前の腹ごしらえに丁度いいと喜んだ。

白蘭屋は店を閉じた。

徳蔵も江戸芳をやめた。

心機一転、二人で商いを始めたと風の便りに聞いた。

三話　さばの船場汁と南蛮漬け

1

朝起きると、路地の草の葉に真っ白に霜がおりていた。

道行く人たちも寒そうに背中を丸めて歩いている。

佐菜が専太郎の朝餉を終えておかねの店に行くと、おかねの一人息子で六歳になる正吉が空き樽に座って大あくびをしている。

「あれ、今日は手習い所に行かないの？」

佐菜はたずねた。

「だから言っただろ。ぐずぐずしていないで早く行きなよ。お前がここにいると、仕事にならないんだよ」

かぶの皮をむきながらおかねが正吉をせかす。

「行きたくねぇよ。市松が来てからばあちゃん、つまんねぇんだよ。妙に気取っちまってさ」

正吉は口をとがらせた。

「ばあちゃんじゃないよ。先生だろ」

「先生ってのは、いろんなことを知っている人のことだろ。ばあちゃんは何にも知らねぇんだよ。おいらが教えてやっている。おいらが先生なんだ」

「屁理屈言うんじゃないよ」

おかねが叱る。

三益屋をしめて佐菜とともに神田にやってきたおばあさまは、手習い所で暮らしを立てるつもりだったが、やって来たのは正吉ひとりだった。近所に評判のいい手習い所があって、子供たちはみんなそこに行っているのだ。

大人しく座っていることができず、立ち上がったり、寝転がったり、隣の子供にちょっかいを出したりする正吉は、その手習い所を断られていたのだ。

おかねとしたら読み書き算盤は二の次、三の次。ともかく夕方まで預かってもらう場所がほしかった。

もともと何ごとにも一生懸命、研究熱心なおばあさまはじっくりと正吉とつきあい、工夫を重ねた。

正吉は物覚えが悪いわけではない。むしろ、良い方だ。自分が好きなこと、関心のあることなら夢中になるが、それ以外のことはすぐ飽きてしまう。

論語カルタをつくってふたりでカルタ取りをした。正吉は「子のたまわく」で始まる文をいくつも覚え、おばあさまはかなわなくなった。

正吉が好きなものは鳥、虫、かえるやとかげのたぐいである。おばあさまはそれらを見に外に出た。習字のときには、鳥や虫の名前を書かせた。

烏、雀、蝶、蟬、甲虫……。

画数の多い難しい字も、正吉はすぐに書けるようになった。

ある日、おばあさまはとんぼとかげろうが同じ「蜻蛉」という字であることに気づいた。

書物で調べると、古くはとんぼとかげろうを区別していなかったそうだ。

おばあさまが知っているとんぼは、赤とんぼと銀やんまである。かぼそいかげろうとは、まったく違うではないか。

正吉が教えてくれた。

「ばあちゃん、知らねぇのかよ。糸とんぼってのがいるんだよ。そいつは細くて、かげろうの親戚みたいだ」

正吉と出会って、おばあさまも新しいことをたくさん覚えたのである。

しかし、この麗しい時間は四歳になる孫の市松を預かるようになって終わってしまった。

どんなにかわいくても正吉はよその子供、市松は孫だ。おばあさまの心に「市松にしっかりとした教育を与えなくては」という気持ちがむくむくと芽生えたのだ。

おばあさまの考える「しっかりとした教育」というのは礼儀であり、言葉遣いであり、教養である。

だが、市松の母親のお鹿の考えは違う。

市松には自分の道を切り拓いていく逞しさを身につけさせたいと思っていた。神田界隈の近所の子供たちと遊ぶようになって、市松は下町言葉になじんでいた。色白で体も小さく、品のいい顔立ちの市松が「俺」とか「おいら」と言い出すのをたのもしく感じていた。

三益屋の家付き娘であるおばあさまと、新宿の内藤唐辛子屋の娘に生まれ、佐兵衛の後添いとなったお鹿は反りが合わなかった。三益屋を閉めるにあたってのあれこれがあって二人は絶縁していたのである。

だが、かわいい市松のために歩み寄り、お鹿が働いている昼間、おばあさまが預かることになったのだ。

めでたし、めでたしと喜ぶのはまだ早い。

市松をどう育てるのか、その肝心なところが話し合われていない。

おばあさまは勝手に「教育」を始めてしまった。

そんなこんなのとばっちりを受けているのが、正吉である。手習い所はかつてのような楽しい場所ではなくなってしまったのだ。

「市松ちゃんが淋しがっているよ。ねぇ、送ってあげるから行ってやってよ」

佐菜は誘った。

「大丈夫だよ。市松はばあちゃんと仲良くやっているよ」

「そんなことないわよ。正吉ちゃんはいいお兄ちゃんで、いつも面白いことを教えてくれるって言っていたわよ」

お兄ちゃんと呼ばれて、少し正吉はうれしくなったようだ。

「しょうがねぇなぁ」と言いながら、立ち上がった。

路地の奥の佐菜とおばあさまが暮らす家には、手習い所の小さな看板が出ている。入り口で声をかけると、おばあさまが戸を開けた。

「正吉ちゃん、おはようございます。さあ、おはいりなさい。今、市松ちゃんとお習字をはじめていたところなんですよ」

さほど広くない部屋には天神机が二つ並べてあり、片方には市松が座っていた。頬にすり傷をつくって、やんちゃそうな正吉が隣に座ると、市松の肌の白さが際立った。手足は細く、体も小さい。その幼い体で背筋をのばし、きちんと座っている。

その様子が健気である。

おばあさまは息子である佐兵衛の幼いころを思い出すという。

三益屋はなくなってしまったが、市松はその影を背負っているのである。

「おい、市松。おめぇ、なんて字を書いているんだ」

正吉がさっそく市松に話しかけた。

「挨拶だよ」

「なんでぇ、ずいぶん、難しいやつやってんだなぁ」

「うん。すげえだろ」

市松も下町言葉で返す。

「おしゃべりはいけませんよ。それに、ここではちゃんとした言葉遣いで話すようにしましょうね」

おばあさまは先生の顔でたしなめた。

おかねの店に戻ると、いつものように権蔵とお民が来ていた。

「ここんちの味噌汁はうまいねぇ」

お民は指先を椀で温めるように抱えている。

「ここに七味をふるといいんだよ。唐辛子で体の中からあったまるんだ」

権蔵はそう言って懐から取り出した七味唐辛子を盛大にふった。

「あんた、こんなに七味をふったら、辛くて味が分からなくなるだろう」

「なんも。こんなの辛いうちに入んねぇよ」

「権蔵さん、悪いけど、そりゃあ舌が鈍くなっているんだよ」

おかねが呆れたように言った。

「へへんだ。『唐辛子売りも藪医者ぐらい盛り』てな。俺のは特別唐辛子を多くしてもらってんだ」

　権蔵はなおも七味をふろうとする。

　おかねとお民はなにも言わなくなった。

　そのとき、力のありそうな若者がやって来た。

「こんちはー。大工の甚五郎のところの者ですけど、親方がよかったらどうぞって。今朝釣って来たさばです」

　ざるには、腹はまぶしいほど白く、背中の青い模様がくっきりと出たさばがのっている。

「あらぁ、悪いねぇ。いいのかい」

　おかねが奥から返事をする。権蔵とお民も、「ほう」という顔になった。

「あじを釣りに行ったんだけど、さばばっかりかかったそうです。ちゃんと血抜きはしてありますから安心してくださいって」

「すみません。ありがとうございます」

　佐菜は遠慮なく受け取った。

　釣り好きの甚五郎らしく、さばは首を折って血を抜き、わたもはずしてあった。

　こうしておくと、味も落ちないし、俗にいう「さばの生き腐れ」の心配もない。

「うちにおすそ分けが来るくらいだから、よっぽどたくさん釣れたんだろうねぇ。こっちは大歓迎だけれどさ」

おかねがにやりと笑う。

「そうなんですよ。今日は外道ばっかりだって親方はがっかりしてましたよ」

若者はぺこりと頭を下げると、帰っていった。

後ろ姿を見送って佐菜はたずねた。

「さばのことを外道って言うんですか」

外道は仏教の言葉で、仏教以外の教えや真理にはずれた道、それを信じる人を指す。

「釣り人の言う外道は、狙っている以外の、あんまりうれしくない魚がかかったときに使う言葉なんだ。さばはあじより大きくて、暴れると糸がからんだり、仕掛けをこわしたりするから後が大変なんだよ」

権蔵が教えてくれた。

釣り人には外道扱いされるさばだが、酢でしめても煮ても、焼いてもうまい。おかねの店でも焼きさばと味噌煮はいつも人気がある。

「せっかくだから、しめさばにする。二人も持っていくだろう」

おかねはさっそく、さばをまな板にのせ、三枚におろしはじめた。塩をたっぷりとふって半時ほどそのままおき、さっと塩を洗って酢でしめれば出来上がりだ。

「夕方には、いい頃合いになると思うよ」

「いいよ、いいよ。おかねさんと佐菜ちゃんちで食べなよ」

口では遠慮するが、まな板のさばはほどよい紅色でいかにもうまそうだ。

「おかねさんのしめさばで一杯ってのも、いいねぇ」

権蔵が無邪気に笑う。

夕方、頃合いを見計らってやって来たふたりはしめさばを抱え、いそいそと帰っていった。

佐菜は酢飯をつくって軽く握り、家に持ち帰った。おばあさまは市松をお鹿の元に送り届け、戻って来たところだった。

「まぁ、さば寿司ね。懐かしいわ。三益屋ではよくいただきました」

膳にのせたさば寿司を見て、おばあさまは目を細めた。

初代が近江の出で、帯屋という仕事柄京大坂の織屋、染屋とのつきあいも多かったから、三益屋の膳には上方の料理もよくのぼった。おばあさまは竹に本式の京料理を習わせるため、料理人を家に呼んだこともある。

「これは本式のさば寿司ではなくて、しめさばで簡単につくったものなんです」

佐菜はあわてて言った。

汁はのりととろろ昆布に醬油を少したらしたすまし汁で、あとは、いつもの煮豆とぬか漬けだ。

「分かっていますよ。でも、これもとってもおいしそうですよ。さっそくいただいてみましょう」

ひと口食べて、おばあさまは笑みを浮かべた。

「京のさば寿司もおいしいけれど、これは、それに負けません。塩加減がほどよくて、さっぱりとしているし、わたくしにはご飯の量がちょうどよいわ」

佐菜もひとつつまんで口に入れた。

脂ののったさばと酢飯がほどよく馴染んでいた。塩漬けにし、さらに押しをかけた京のさば寿司のような熟(な)れたうまみはないけれど、その分、あっさりとして食べやすい。

「さばは大工の甚五郎さんからいただきました。たくさん釣れたのでおすそ分けだそうです」

「まぁ。そうね、甚五郎さんは釣りもお得意でしたものね」

おばあさまと甚五郎は能の大鼓の石山名人を通して知り合った、謡の稽古仲間である。

「今日のさばは外道だそうですよ」

佐菜が外道の意味を伝えると、おばあさまは目を丸くした。

「こんなにおいしいさばに、その呼び方は申し訳ないです。京では、さばは若狭からはるばる運んできた貴重なものなんですよ」

若狭であがったさばは、すぐ塩漬けにされて、さば街道と呼ばれる道を二日か三日かけて京まで運ばれて来る。そのさばでつくる押しずしはごちそうで、祇園祭りの膳に欠かせないという家もあるそうだ。

おばあさまは、ふと思い出したようにたずねた。

「佐菜さん、それでさばのあらは、どうしました？」

「あらは、置いて来てしまいました」

「それは、もったいない。船場汁（せんば）にすればよかったのに」

「そうでした。すっかり忘れていました」

「でも、今日はこのさば寿司で十分。堪能いたしました」

おばあさまはうなずいた。

船場汁は、塩さばの身をとった後に残った頭や骨などのあらでだしを取り、大根などを加えて煮たものだ。上品な味わいのごちそうだが、捨てるはずの魚のあらで、時間をかけずに作れる大坂らしい始末な料理でもある。

甚五郎が釣ったさばで、船場汁を思い出した人がもう一人いた。

石山名人である。

二日ほど後、いつものように専太郎の朝餉をつくり、帰り支度を終えた佐菜は名人に呼び止められた。

「利久さんに聞いたんだけど、あなたは船場汁がお得意なんだってね。あれは、塩漬けのさばでないと、本当のおいしさが出ないね。江戸ではなかなか、そういう船場汁を食べさせるところがないからね、残念に思っていたんだよ。今月、例の謡の会があるんだ。船場汁をお願いできないかな」

「利久さん」とはおばあさまのことである。

「祖母がそんなことを言っていましたか。お声をかけていただいて、うれしいです。よろしくお願いします」

「そうか。よかった。それじゃあ、甚五郎さんにもさばを釣ってくれと頼まないとな。利久さんも、船場汁が好きなんだってね」

このごろ、おばあさまは石山名人のことを「実三郎先生」と呼ぶ。その言い方には尊敬と憧れとともに、親しみがこもっている。石山名人の「利久さん」という呼び方もやさしげだ。

石山名人はみごとな禿頭である。鼻筋が通って涼やかな目をしているので、徳の高いお坊さまのようにも見える。

物知りで話が面白く、何代も続く大鼓の宗家だが少しも偉ぶらない。

どうやら、二人はいいお友達になっているらしい。

それにしても伝わるのが早すぎないだろうか。

「昨日、わしの知り合いが書の会を開くと言うので、お誘いしたんですよ。利久さんは和歌にも通じているから、楽しんでもらえるかと思ってね。あの人はきれいなかな文字を書くんだねぇ。びっくりしたよ」

「……それは、お声をかけてくださって、ありがとうございます」

その話、聞いていないぞと思いながら佐菜は礼を言った。

おかねの店に戻ってしばらくすると、甚五郎がやって来た。

「石山師匠に船場汁にするからさばを釣ってきてくれって言われちまったよ。それで、さばはどうしたら、いいんだ？　この前と同じように血抜きしてもってくればいいのかい？」

「はい、こちらで塩漬けしますから、二日ほど前にそうしてもらえればありがたいです」

　佐菜は答えた。

「よし、分かった。だけどさ、その船場汁ってのは、身はあんまりはいってねんだろ」

「そんなことないですよ。ちゃんと一切れ、二切れ入ります」

「俺はどっちかっていうと、しめさばの方が食いたいな」

「お酒に合う味ですね」

「うれしいねぇ。そうだよ、よろしく頼む。だけどさぁ、しめさばは、その日に釣ったさばで食べたいよな。……とすると、さばを釣って、当日の朝も釣りに出るってことか。で、昼すぎからは謡だろ。俺は途中で寝ちまうな。謡は休んで後の宴会だけに出ようかな」

　本末転倒なことを言い出した。

　それ以前に、こんなに釣りばかりしていて本業の方は大丈夫なのだろうか。思ったことが顔に出たらしい。

「言っとくけどな。遊んでばっかりじゃねぇよ。夜明け前に釣りに出て、戻って来て仕事にかかるんだ。忙しいったらねぇよ」

元気のいい声で甚五郎は言った。


佐菜が家で献立について考えていると、おばあさまが言った。

「実三郎先生が、今回は船場汁が主役だから、ほかの料理も上方風にしたらどうかって、おっしゃったの」

「今、船場汁としめさばを考えているんですけれど、そのほかは薄口醬油で仕上げた炊き合わせとだし巻き卵、青菜の白和え……」

「さば寿司は欠かせないわ。ちゃんと押しずしにしてね」

「もう一品、さばの南蛮漬けも考えているんですけれど」

「ああ、そうしましょう。甚五郎さんたちはご飯がすすむものもほしいとおっしゃるから」

こうして献立が決まった。石山名人に伝えると、喜んでくれた。

当日の朝、石山家で料理をしていると、甚五郎がふらりとやって来た。

「今日のさば、見たか。大きくて脂ものって立派なもんだっただろう。太くて厚みがあって、体が黄色っぽい。ああいうのを金さばって言うんだ。こんなみごとな金さばは見たことないって船頭も驚いていたよ」

「本当に立派なさばでした。それに、きれいに血抜きしてあるのでありがたかったです」

「任せてくれよ。さばは釣ったらすぐに活じめ、血抜きするんだ。それが、うまいさばを食う秘訣だね。……あんた、なにやってんだ？」

佐菜の手元を見てたずねた。

「里芋の面取りです。切り口の角を薄くそいでいます」

「見りゃあ分かるよ。だけどさぁ、里芋はわざわざ面取りなんか、しなくていいんだよ。ちょいと煮崩れるくらいのが、うまいんだ」

「……でも、今日の煮物は上方風なので……」

「はぁ？　じゃあ、あの色ばっかりきれいな奴か？　卵焼きもつくるんだろ。そっちは江戸風なんだろ？」

「いえ、だし巻きがいいとおっしゃるので」

「だれが？」

「石山先生が……」

「師匠がそう言うんじゃしょうがねぇか……」

「あの……、さばの南蛮漬けもあります。さばを揚げてから、醬油と酢と砂糖と唐辛子の入ったたれにつけるんです」

「うーん。じゃあ、そっちは甘じょっぱくな。俺は、そういうのが好きなんだ」

　甚五郎は足音高く去って行った。


　謡の稽古が終わって宴になった。

　石山名人と大工の甚五郎、左官の辰三（たつぞう）、畳屋の長兵衛（ちょうべえ）、おばあさま。そこに新顔がひとり、植木屋の角一（かくいち）が加わった。

　角一は神田生まれの染井の植木屋の親方で、甚五郎や辰三とも昔からの友達だ。石山家はじめ、このあたりの屋敷に出入りしている植木屋でもある。以前から関心があった上方の庭を三月ばかりかけて見て来たそうだ。

　長年日にさらされた肌は浅黒く、目尻には深いしわが刻まれている。謡の稽古だから羽織袴で正装しているが、甚五郎、辰三、長兵衛同様、背中に屋号を染め抜いた半纏が似合いそうな顔立ちだ。

「角一さんは上方をめぐっていらしたそうだが、いかがでしたかね」

　石山名人がたずねた。

「いやあ、こっちとはいろいろ違うもんで、勝手が分からずに最初はずいぶん苦労しましたよ。第一言葉が分からない。『おいでやす』って言われてなんのことかと思ったら『いらっしゃいませ』って挨拶だった」

「船場あたりでは値引きするときに『勉強させてもらいまっさ』と言うのだと父から聞きました。『勉強』とは『お値段を無理して下げる』ことなんだそうです」

　おばあさまが笑顔で加わる。

「そばが食いたくても、うどん屋ばかりでそば屋がない。鰻もこっちは身がふっくらと柔らかいけど、大坂じゃたれにつけて焼くから固いんですよ。そんな風でしたけれどね、しばらくいると、向こうの料理に舌が慣れる。うまいなぁとしみじみ思うようになりました」

「そうですか。それならよかった。今日は船場汁を楽しむ会ってことでね、甚五郎さんが立派なさばを釣って来てくれたんですよ」

　石山名人が言い、佐菜はしめさばと京風の煮物、青菜の白和え、だし巻き卵をのせた膳を運んだ。

「ほう、だし巻き卵ですな。だしがきいていて、やわらかくてうまい」

角一が目を細めた。

「江戸の味がしっかりした煮物もいいけれど、わしはこのやわやわとした、かわいらしい煮物が好きなんだ」

「友禅染めみたいなね」

名人が言えば、おばあさまが続ける。

「そう、御寮さんの前ですけれど、京のおなごはんはきれいですよ。江戸は言葉が荒いけれど、向こうはやさしい。『堪忍え』なんて言われると、江戸の男は骨抜きになっちまう。東男に京女とはよく言ったもんだ」

酒も入って角一は上機嫌になった。

御寮さんと呼ばれたおばあさまも、うれしそうに頬を染めている。御寮さんとは、上方の言葉でお嬢さん、若奥さんくらいの意味である。

佐菜は船場汁とさば寿司を運んだ。

「ほお、いよいよ船場汁だ。これが食べたかったんだよ。先に塩さばにしてしばらく寝かせてくれたんだろう」

「甚五郎さんが一昨日、さばを釣ってくださいましたから、それを塩さばにして船場汁とさば寿司にいたしました」

「はあ、江戸で食べるさばとは味がずいぶん違うと思いましたけれど、そうかぁ、いったん塩さばにしてあるのかぁ」

角一が合点する。

「懐かしい味ですよ。子供のころから船場汁はよくいただきました。大根にだしがよくしみこんで、今日のような寒い日には体が温まるのですよ」

「さば寿司もとろけるようですなぁ。祇園さんには欠かせないんでしょ」

「江戸前のにぎりもいいけれど、このじんわりと口に広がるうまみがうれしいねぇ」

石山名人もうなる。三人は上方の食について語りだした。

「わたくしは昆布だしが好きなのですよ。汁物に仕立てたときのやさしい、まろやかな味は江戸にはないんですよ」

「この煮物もね、里芋は里芋、にんじんはにんじんの味がする。江戸の煮物は何を食べても同じ味になってしまう」

「柴漬けってのも、うまいもんですねぇ。わしはあれさえあればおかずはいらない」

おばあさま、石山名人、角一はそれぞれの思いを語り、うなずき合う。一方、甚五郎、辰三、長兵衛の三人は口数も少なく、箸も進まず、手持無沙汰な様子でしめさばを肴に酒ばかり飲んでいる。

甚五郎たちは江戸っ子が自慢だ。誇りに思っている。甘じょっぱい味がなにより好きだ。上方が江戸より上と言われることに腹を立てる。

佐菜は大急ぎでさばの南蛮漬けと白飯、ぬか漬けを膳にのせて運んだ。

「おお、白飯かぁ。ぬか漬けもあるのか」

声をあげたのは辰三である。さば寿司があるから白飯はよそうかと思ったが、炊いておいてよかった。

「せっかくの金さばだからね、揚げ物もうまいんだよ。南蛮漬けってのはいいよね」

甚五郎がかぶりつく。

「ねぇさん、七味唐辛子はないかね。ちょいと、この南蛮漬けにふりたいんだ」

長兵衛が言う。

「そうそう。七味がなくっちゃねぇ」

すっかり勢いを取り戻した辰三と甚五郎が声を合わせた。佐菜が七味唐辛子を持って来ると、三人は船場汁に盛大に七味唐辛子をふった。上方風がいいと言われたので、佐菜は船場汁に醤油も砂糖も入れなかった。江戸っ子の三人にはそれが物足りなかったらしい。

宴のあと、佐菜が台所を片付けていると甚五郎がふらりとやってきた。

「あのさ、南蛮漬けはまだあるか」

「少しなら」

「じゃ、それもらえねぇかなぁ。なんか、食った気がしないんだよな」

「ご飯も少しありますけれど」

佐菜はお櫃(ひつ)を差し出した。甚五郎は近くの皿にご飯をよそい、鍋に残った南蛮漬けを汁ごと注いだ。

「上方のさば寿司はさ、なんで、あんな飯をぎゅうぎゅうに押してんだ？　寿司ってのは、にぎるもんだ。親の仇みてえに押しつぶすもんじゃねぇよ」

そんなことを言いながら、もぐもぐと食べていると辰三もやって来た。

「どこに行ったのかと思ったら、なんだ、ここにいたのか」

「なんか腹が収まらなくてさ。おめぇも飯、食うか」

「ああ、もらう、もらう」

人の家の台所なのに勝手にお櫃を開けてご飯をさらった。それにしても、甚五郎と辰三は喧嘩していたはずだ。仲がいいのか悪いのか分からない二人である。

佐菜はほうじ茶を入れた。

「しかし、なんだよ。角一の野郎。たった三月、上方に行っただけでかぶれやがってさ」

「俺は半分も話がわからなかったんだけど、船場ってのは、日本橋みたいににぎやかな所なんだろ」

「ああ、船場は太閤さんがつくったんだってさ。大坂の人は太閤さんが好きだからな」

「ふーん。じゃあさ、祇園さんていうのは人か？」

「人じゃねぇよ。神社だ。神田明神みたいなもんで、でっかい祭りがあるんだ」

「ああ、なるほどね」

二人はごそごそとしゃべっている。

佐菜は背を向けて片付けをしていた。

「あいつさ、角一の奴、京はいいとこだ、いいとこだって言っているけど、結構、ひどい目にあったらしいよ。この前、あいつの行きつけの飲み屋のおやじが笑っていた」

「へぇ、どんな目にあったんだ」

辰三がうれしそうな声をあげる。

「かみさんのみやげに半襟を買おうと思ったんだってさ。そんで、せっかくだからって、京で名の知れた一番いい店にいったんだ」

「越後屋か？」

「うん。京の越後屋。そしたらさ、江戸の御方ですかって手代に聞かれて、そうだって言ったら店の奥に連れて行かれた。花嫁衣裳みたいな、たっかそうな呉服を見せられたらしい。いや、半襟でいいんだって言ったら、刺繍(ぬい)のいっぱい入った、これまた、すごい半襟を持って来たそうだ」

「そんで」

「怖くなって逃げて帰って来たんだって」

「なんだよ。だらしねぇ」

二人はくすくすと笑った。佐菜は片づけをしながら、つい二人の話に聞き入ってしまう。

「京は一見お断りってのがあるらしいんだ。紹介もなくて、ひょろっと行ってもだめなんだ。それなりの店に行くには、そこのお得意さんに連れていってもらうんだ。そんで、この人はこれこれこういう人だから、よろしくって言ってもらうんだ」

「面倒だな」

「うん。俺が家を建てた人なんだけど、結構な金持ちだよ。そこのお内儀が一生に一度でいいから、京で着物をつくりたいって言ったんだってさ。それでわざわざ京に行って、知り合いを立てて店に行った」

「江戸にだって京下りの店はあるじゃねぇか」

「やっぱり違うんだってさ。だけどさ、その知り合いにも礼をしなくちゃなんねぇだろ。ありがとうございましたって一席設けた」

「はあ、贅沢なもんだ」

「江戸とは違うんだな。こっちの越後屋なんか、店先にいる客は田舎もんばっかりだ。お国言葉が飛び交っている。手代も馴れているから、上手に相手をするんだよなぁ」

江戸には参勤交代の武士や商人が諸国からやって来る。そうした人たちは、国元に帰るときにみやげを買う。家族の分だけでなく、親戚一同、隣近所の分も用意する。せっかくなら名の知れた店でと思うのは人情だし、そのあたりの客の気持ちをよく分かっているから、店もそういう客を大事にしている。三益屋も「日本橋三益屋」と名を入れた半襟や風呂敷をたくさん用意していた。

甚五郎が、ふと思いついたように辰三に言った。

「おまえさぁ、一度、角一をぎゃふんと言わせてみたくないか」

「そうだな、どうするんだ」

「角一の前で、俺らだけがうまそうに江戸前の料理を食べるんだよ。おまえさんは、京の味つけがいいんだろ。だから江戸の旨いもんはいらないよなって言って」

「ははは。面白いな。あいつがどんな顔するかを見てみたいよ」

「そうだろう」

二人は顔を見合わせてにまにまと笑っている。

2

その日はいつもより早く家に戻った。おばあさまは疲れて市松を送っていかれないというので、佐菜がお鹿のところまで連れて行くことにした。

　ちょうちんの灯りが二人の足元を照らした。市松の小さな手が佐菜の手をしっかりと握っている。

「今日は何をしたの？」

　佐菜は市松にたずねた。あたりは暗く、ちょうちんを手にした人々が佐菜と市松を追い越していく。

「うん、最初少し算盤をして、それから外に出た。鳥を見たよ」

「そう、どんな？」

「小さな青い鳥。るりびたきって言うんだ。神社の枯れた枝のところにいたんだよ。正吉ちゃんはそういうの、見つけるのが得意なんだ。……でも、おばあさまは困った顔をしていた。目が悪いから鳥が見えないんだってさ」

　佐菜は小さくため息をつく。疲れてしまったのは、鳥を探してあちこち歩き回ったからだろう。

「市松ちゃんは、その鳥、見られたの？」

「うん。でも、すぐ飛んで行ってしまった。あと、しじゅうからもいたよ」

「頭が黒い雀くらいの鳥でしょ」

しじゅうからなら佐菜も知っている。

「うん。それは何羽もいた。戻っておばあさまの本で名前を確かめたんだ」

「そうか。じゃあ、市松ちゃんも鳥に詳しくなるわね。よかったわね」

「うん」

市松はこくんとうなずいた。

しばらく二人、だまって歩いていた。

突然、市松が言った。

「正吉ちゃんは、おばあさまにひどいことを言ったんだ。そういうのはいけないと思うんだ」

「ひどいことって」

市松は黙った。

「教えて。ほかの人には言わないから。だって、市松ちゃんが伝えてくれないと、私には分からないもの」

「……くそババア。おととい来やがれ」

市松は小さな声で言った。

「……そんなことを言ったの？　正吉ちゃんが？　どうして？」

「ほんとは、今日は算盤をする日だったんだ。でも、正吉ちゃんがやりたくないって言い出して」

「それで、おばあさまと言い合いになったのね」

――くそババア。おととい来やがれ。

目を怒らせ、こぶしを握っておばあさまに反抗する正吉の姿が浮かんだ。

「正吉ちゃんはなんで、そんなに怒ったの？」

「鳥……が見たかったんだ」

以前、正吉が冬になったら鳥を見に行こうと言っていたことを思い出した。

しばらく寒い日が続いたが、この日は朝から晴れて、おだやかな良い天気だった。

「寒いと『俺』が……、あ、違った『私』が風邪を引くから外はだめなんだ」

「今日は暖かかったものね」

「そう。だから、今日だったんだ」

正吉なりに、いろいろ考えてくれているのだ。

「『俺』って言うと、おばあさまに叱られるの？」

「うん。……そういう乱暴な言葉はいけませんって」

「乱暴じゃ、ないと思うわよ。でも、目上の人の前では言わないほうがいいわね」

やんわりと伝える。

「目上の人って？」

「おばあさまかな」

「かあちゃんは？」

佐菜は答えられない。

このことをお鹿はどう思っているのだろうか。気になった。

神田の柳森神社の黒い影が迫って来ると、お鹿と市松の住む長屋も近い。柳森神社はおたぬきさんと呼ばれていることにちなみ、お鹿が働く七味唐辛子屋はおたぬき七味唐辛子本舗と名乗っている。

「かあちゃん、ただいまぁ」

市松が大きな声で叫ぶ。

「こんばんは」

佐菜も声をかける。すぐに戸が開いて、お鹿が姿を見せた。目尻がきゅっとあがって勝気な顔立ちをしている。市松の顔を見ると、満面の笑みになった。

「佐菜ちゃんに送ってもらったのか。よかったねぇ。今日はどうだった？　なにをした？」

顔をのぞきこんでたずねる。市松はお鹿に抱きついた。

「おばあさまと正吉ちゃんと鳥を見に行ったんだ。青い鳥と頭の黒い鳥がいたよ」

「よかったねぇ。お腹空いているだろ」

「うん」

小さな手でお鹿の体にしがみつき、着物の裾に顔をうずめたまま市松は答えた。

四畳半に土間のついただけの狭い長屋の一部屋である。部屋の隅にはたたんだ布団と柳行李、土間には小さなかまどがある。

「そんなにくっついていたら、ご飯の支度ができないよ」

お鹿が市松の体を揺すったが、市松は動かない。

「……このまんまがいいのかい？　じゃあ、もうちょっと？　市松の体は温かいねぇ」

お鹿はやさしく市松の背中をなでた。

佐菜はその様子を少し切ない気持ちでながめた。

おばあさまといるときの市松は楽しそうにしている。このごろは正吉ともなじんで、遊んだり、学んだりして昼間の時を過ごしている。そう思っていた。

それは嘘ではないのかもしれないけれど、お鹿に甘えたいというのも本当なのだ。あるいは、正吉と同じように手習い所が少しつまらないのかもしれない。無理をしているのだろうか。

「これ、おかねさんの店の惣菜です。よかったら食べてください」

佐菜は芋の煮転がしを手渡した。帰ろうとすると、お鹿が引き留めた。

「すぐに帰らなくちゃだめかい？　いや、せっかく来てもらったから少し話ができたらいいのにって思ったんだけどね」

「私もお鹿かあさんとおしゃべりしたいと思っていたんです」

「じゃあ、おあがりよ。お茶をいれるからさ」

佐菜はお鹿の部屋にあがった。

お鹿は手早く市松のための湯漬けご飯と切り干し大根の煮物、芋の煮転がし、味噌汁の膳を整え、自分と佐菜のために茶を入れた。

「新しい七味唐辛子の方はどうですか」

ご飯を食べ始めた市松をながめながら佐菜はたずねた。

「まあ、なんとかかね。今は、とんでもなく辛い七味唐辛子をつくっているんだよ」

「おたぬきさんの大辛七味も十分辛いですよ」

「いやいや、あんなもんじゃ物足りないって人がいるんだよ。うちの親方は味噌汁が真っ赤になるくらい七味をふるんだ」

「お店に来るお客さんでも、そういう人がいます」

「そうかい。まぁ、とにかく、そういう七味をつくるのが今のあたしの仕事だね」

とびきり辛い七味唐辛子をつくり、それがよく売れたら、お鹿は今ほど根をつめて働かなくてもよいそうだ。もう少し、市松との時間をとれる。そのために、今、頑張っていると聞いた。

「もう一息なんだけどね」

お鹿は繰り返した。

短い沈黙があった。

「かあちゃん、ごちそうさま」

市松が言った。

「ああ、よく食べたねぇ。えらい、えらい」

お鹿にほめられて市松は得意げな顔になり、膳を部屋の隅に運んだ。そして戻って来ると、すぐお鹿の膝にのった。

「佐菜ちゃんが見ているよ。赤ちゃんみたいだって笑われちゃうよ」

「俺平気さ。笑われてもいいんだ」

市松がくぐもった声で答えた。お鹿は佐菜に目くばせを送ってきた。

――このごろ、いつもこんな調子なんだけれど、昼間はどんな様子なの？　正吉ちゃんともうまくやっている？　おばあさまとは？

お鹿の目が語っていた。

「市松ちゃんはお利口で、お習字も算盤も得意だっておばあさまはいつも、ほめているよね。でも、おうちにいるときとは、言葉もちょっと違うかなぁ」

佐菜が市松に話しかけた。

「そりゃあ、そうさ。あそこじゃ、俺はよそ行きなんだ」

市松は巻き舌の下町言葉で答えた。それは神田明神の裏手の借家に住んでいた頃のしゃべり方だった。

佐菜が家に戻ると、おばあさまは少し元気を取り戻した様子だった。

「ご飯にしましょうか」

佐菜が声をかけると、自分も立って膳の用意をはじめた。

湯漬けと煮転がしといわしの煮付け、味噌汁とぬか漬けの夕餉だった。

「市松ちゃんは家に戻ると、下町言葉に戻るんです。ご存じでしたか」

佐菜はたずねた。

「もちろんですよ。でも、手習い所にいるときは長幼をわきまえなくてはなりませんよ。きちんとした話し方が身についていれば、それでいいんです」

「でも、市松ちゃんのような小さな子が、話し方を使い分けているのは変じゃないですか。子供らしくないですよ」

少し強い調子で言ってみた。

「それだけあの子が賢いということですよ。あなただって、わたくしといる時、おかねさんの店にいる時、お仕事でよそのお宅に行った時では、言葉遣いが違うでしょ。それと同じです」

「もしかして、市松ちゃんを石山家の専太郎さんのように育てたいと思っていませんか？」

おばあさまの目がきらりと光った。

「そんな風に思ってはいませんん。でも、先日、専太郎さんと少しお話ししましたけれど、礼儀正しくて受け答えもしっかりとしていました。よいお子さんです」

「私もそう思いますけれど……」

　繊細で苦手なこともあるけれど、克服しようとする頑張り屋だ。

「佐菜は市松の将来をどのように考えていますか？　あの子がおかねさんの店を手伝ったり、甚五郎さんの下で修業する様子が想像できますか？」

「それは……」

「できないでしょう？　たとえていえば、正吉ちゃんは土筆です。時がくれば、すぎなになって育ちます。地面にしっかりと根を張って、すこしぐらい雨風が吹いても平気です。でも、専太郎さんや……同じに考えたら申し訳ないけれど……市松も植木鉢の朝顔です。朝晩、水をやって、支えをつけてあげなければきれいな花が咲きません」

　きっぱりと言い切った。

「市松は体も小さいし、力もないから職人には向きません。気の強い男たちと渡り合っていく親方衆の器ではないのです。商家に奉公するのもねぇ……。だから今のうちに言葉遣い、読み書き算盤を学んでおかないとね。ときには厳しく躾けることも必要なんですよ」

　おばあさまに、息子を医者に育てようと願っていた秋乃の姿が重なった。

「市松ちゃんは学者に向いているでしょうか」

「先のことは分かりませんよ。でも、そうなったら、いいですねぇ」

おばあさまの口元がほころんだ。

3

おかねの店に、大工の甚五郎がおでかけ料理の依頼にやって来た。

「悪いな。ひとつ、頼まれてくれねぇかな。うちで、寄り合いがあるんだ」

腹になにかあるという顔をしている。

「お料理はどんなものを」

「船場汁だよ。具は大根。この前みたいな上方の本場のやつさ。そのほかはぜんぶ江戸の味だ。さばの塩焼き、七輪で焼いて大根おろしに醤油で食う奴な。甘じょっぱい卵焼きと味のしみた煮物と白飯。まぁ、そんなところだ」

佐菜の顔を見てにまりと笑う。

「上方の船場汁と、江戸前の味、どっちが旨いか角一に思い知らせてやるのよ」

どうやら、この前の悪い相談がまとまって、いよいよ決行となったようだ。

　数日後、佐菜は塩さばを携えて、神田竪大工町（たてだいくちょう）の家に向かった。真新しい木の香のするような二階家で、大工の棟梁の家にふさわしく、柱は太く、小さいながらも庭がある。

「おう、待ってたよ」

　上機嫌で甚五郎が姿を見せた。

　勝手口を入ると、すぐ右手が細長い土間でかまどがある。くるりと振り向いた板の間に調理台があり、手を伸ばせば届くところに鍋やざる、まな板がきちんと整頓された戸棚があった。

　これが甚五郎自慢の台所だ。

　甚五郎は深川の芸者だった女房と二人暮らしで、料理をするのはもっぱら甚五郎の方である。

「見てくれよ。今朝釣った金さばだ。立派だろう」

　ざるには青い背を光らせた大きなさばがのっている。

「釣り船のおやじに、甚さん、なんだって急にさば好きになっちまったんだよって驚かれたよ。仕方ねぇから、これこれしかじか、さばを釣らなきゃいけねぇわけがあるんだって言ったら、笑ってた」

「それで、今日、お食事をされるのは甚五郎さんと辰三さん、角一さんのお三方なんですね」

佐菜はあらためて確認する。

「そうだよ。角一は神田の生まれだ。正真正銘、まぎれもない江戸っ子だよ。ガキの頃からよく知ってんだ。……辰三はさ、あいつは江戸っ子だって言ってるけど、神田じゃねぇんだ。本郷のはずれだからね、ちょいと違うんだけどね」

「やっぱり、神田あたりに生まれないと江戸っ子を名乗ってはいけないんですね」

佐菜の言葉に、甚五郎は大きくうなずく。

「あったりめぇだ。大江戸八百八町なんて言うけどさ、本当の江戸の町ってのは、江戸が開かれたときからある三百数十町の『古町（こちょう）』だけなんだぜ。ずっとはずれの野っ原の方は江戸とは言わねぇんだ」

甚五郎の鼻息が荒くなる。

「なるほどねぇ……」

「だからね、その角一がちょろっと上方に行って来ただけで、妙にかぶれちまったのが歯がゆくってさ。一度、意見をしてやろうと思ったんだよ」

「はい……」

「そうだよ。……そんで、あんたは……たしか日本橋生まれだったよな」

「祖母も父もこちらで生まれました。ですから、私は三代目です」

「まぁ、一応、そういうことになるんだろうけどな。だけど、あのばあさんはいけないよ。あの船場汁をうまい、うまいって喜んでいたじゃねぇか」

「曾祖父が近江の出だったもので、家ではよく上方の味つけのものも食べたんです」

「だろ？　そういうのを、俺は江戸っ子とは認めねぇ」

しかし、甚五郎もたどれば明石の出である。以前、蛸飯は江戸前より明石の味だと言ったことなど、すっかり忘れたように強弁する。

「……船場汁はだめでしたか？　やっぱり、醤油がはいらないから……」

「そうだな。醤油がはいらねぇと味が決まらねぇ。それも銚子か野田あたりの色が濃くて、香りがいいやつな。江戸っ子の体は醤油と砂糖の甘じょっぱい味ででてきてるんだ」

「まあた、偉そうに。江戸っ子自慢もすぎると嫌味だよ。あんたの悪い癖だ」

突然、話に加わったのは甚五郎の女房である。紫の着物のえりを抜いて、粋に着ている。五十はとっくに過ぎているようだが色白で細筆ですっと描いたような目鼻をしている。少しかすれた声に色気があった。

「江戸っ子が江戸っ子を自慢してどこが悪いんだ」

ふふんと鼻でわらって、女房のほっぺたをつついた。

腕のいい大工や左官は花柳界の女を女房にすると聞くが、甚五郎もその手である。恋女房という言葉があるが、仲の良さそうな二人である。

「塩焼きもいいけど、あたしゃ、しめさばに目がないんだ。せっかくの金さばだから、しめさばも頼むよ」

「そうだ、しめさばを忘れていた。半身はしめさばで頼むな」

女房の一言で、さばの半身はしめさばに決まった。

佐菜は手早くさばをおろし、半身を塩焼き用に切り、残りは塩をふってしめさばに仕込んだ。

それからご飯を炊き、煮物にする里芋とれんこん、にんじん、ごぼうの皮をむいた。甚五郎に言われたから面取りはしない。最初に油でちょいと炒めてから、だしを加えて煮る。砂糖とみりん、醤油を加えて落し蓋をする。ごぼうがやわらかくなったら出来上がりだ。

厚焼き卵にも取り掛かる。もちろん甘じょっぱい味つけだ。

「そういや、大坂のまな板は脚が四本らしいな。江戸のは下駄と同じで二枚歯だ」

酒の匂いがすると思ったら、隣で甚五郎が茶碗酒を飲み始めている。

「卵焼きの巻き方も違うんですよ。江戸は奥から手前に向かって巻いていく。上方では手前から奥に向かって巻いていくんです。その方がしっかり巻けると教わりました」

佐菜は溶き卵に醤油をどぼり、壺から匙に山盛りの砂糖を加えながら言った。

「へぇ。初めて聞いたよ。あんた、料理はばあさんに教わったって言っていたよね」

「祖母は料理はしません。竹という人が京料理の料理人に教わって、それを私が習ったんです」

「ふうん、じゃあ、あのばあさんは食うだけかぁ。料理しないってのは、うちの奴と同じだな。あんた子年か？」

「あ、いえ、違いますけど」

「俺は子なんだ。くるくる動いて、人の世話をする生まれなんだってさ」

甚五郎はしゃべりながら楽しそうに佐菜の手元をながめている。

佐菜がかまどに向かうと、甚五郎もついてくる。四角い鉄鍋に油を敷き、卵液を流した。ぷちぷちと音を立てて卵に気泡が出来た。それをつぶして奥から手前に巻いていく。一旦奥に寄せて卵液を流し、同じように焼いていく。

「あんた手際がいいねぇ。俺はせっかちだから、卵焼きはだめだね。早くひっくり返したくて破れちまう」

焼きあがった厚焼き卵を皿に移し、振り返ると甚五郎が煮物鍋に串をさしているところだった。

「おお、いい感じにやわらかく煮えてるよ。味はどうかな」

そのまま、ぱくりと里芋を口に入れた。

「おお、うまい、うまい。煮物はこうでなくちゃな」

甚五郎は満面の笑みだ。

「しっかし、どうして、台所で味見したもんはうまいんだろうなぁ。お膳に並んだときより、十倍もうまい」

「まぁ、そうおっしゃる方もいらっしゃいますけれど」

佐菜は甚五郎の言葉を無視して赤絵の大皿に盛りつけた。皿は立派だが料理はおかねの店のものと大差がない。全体に茶色くて煮崩れて、形もすっきりとしない。

「あの……、これで本当にいいんでしょうか」

「なにが、どこが不都合だ。これこそ、江戸の煮物じゃねぇか」

「そうなんですけどね……。あまりに惣菜というか。京の煮物と比べると色が濃くて……あまりきれいじゃないし……」

「京のはありゃあ、色だけだ。食えば、こっちがうまいんだ」

隣の卵焼きも茶色がかった鈍い色をしている。白いのはご飯とさばの塩焼きに添える大根おろしだけ。船場汁も色味は地味だし、醬油色の料理ばかりが並ぶことになる。

いいのだろうか、本当に。京かぶれの角一は納得するだろうか。

佐菜が考えていると、玄関で訪いの声がした。辰三に続いて、角一がやって来たらしい。女房が座敷に案内している声がする。

「よし、じゃあ、三人が席に着いたら、まず船場汁な。そんで煮物、卵焼き。最後は塩焼きだ。焼き立てのじゅう、じゅういっているようなのを持って来いよ。あいつに、やっぱり江戸前はうまいって言わせるんだ」

酒が回って頰を染めた甚五郎がのしのしと座敷に向かって行った。

佐菜が船場汁を持って行くと、三人は酒を酌み交わしているところだった。

「だからさぁ、お前もいっしょに謡を習おうよ。あれはいいぞぉ。弁慶があるんだ」

「そう、そう。牛若丸と弁慶な」

甚五郎と辰三は胴間声を張り上げて競っていたことなど、すっかり忘れたように角一に仲間に入るよう勧めている。

「あの師匠がいいんだな。知恵があるっていうのは、ああいう人だな」

「ああ、たしかに、あの人は座っているだけで名人だってのが分かる」

角一が答えると、甚五郎と辰三はうれしそうにうなずく。

「船場汁をお持ちしました」

佐菜は声をかけた。角一は妙な顔をする。わざわざ呼ばれて、また船場汁か。そういう表情である。

「あれぇ」

一口飲んで声をあげたのは、甚五郎である。

なんだよ、うまいじゃねぇかという顔である。

辰三も首を傾げている。

それもそのはず、今回は最後に醤油を垂らしたのである。

透き通った汁に薄切りの大根、青い背のさばの大きな身も入っている。塩をして二晩ほどおいたさばは独特のうまみがある。塩と酒、しょうが汁、それに醤油だ。

甚五郎は「上方のおいしくない料理」の代表として船場汁を出したかったのだろう。三益屋で子供のころから船場汁を食べて来た佐菜には納得がいかない。船場汁もおいしいと思ってもらいたいのだ。

「あんた、船場汁だろ。ここらの気の利いた店で出してるよ」

いつも、ちょうどいい頃合いにやって来る女房が、この時も顔をだして意見する。

「へぇ、そうかい」

甚五郎はおとなしく、船場汁をすすっている。隣で角一が満足そうな顔で箸をすすめていた。

佐菜はすました顔で里芋やれんこんの煮物、厚焼き卵を運んでいく。

「今日は俺の好きなもんを並べたんだ。この前はさ、上方の料理がいいなんて言ってたけど、やっぱり甘じょっぱい江戸の味がいいだろう」

気を取り直して甚五郎が勧める。

「そりゃあ、そうだよ。上方にいるころは、江戸の味が懐かしくて夢を見た」

あっさりと角一が受け入れるので、甚五郎と辰三は「おや、おや」という顔になる。

「おめぇ、上方の料理が好きになったんじゃねぇのか？」

振り上げたこぶしをどうしたらいいのか分からないという顔でたずねる。

「上方は上方だ。江戸は江戸だよ」

「なんだ、ああ、そうか。じゃあ、まあ、酒でも飲もうか」

また酌み交わす。

佐菜はさばを焼きはじめた。

木の香のする新しい家が魚臭くなっては申し訳ないので、外に七輪を出して焼いた。

つややかな紅色をしたさばは、じゅうじゅうという音をたてて焼けた。塩さばでは、こういう勢いのある、はじけるような音はしない。もっと大人しい。

江戸は目の前が海だ。浅瀬もあれば、深いところもある。砂地も岩場も、干潟もある。あじも平目も鱚も鯛も釣れるのだ。あさりにはまぐり、芝えびも取れる。

朝とった魚や貝が調理され、膳にのぼる。

二日も三日もかけて運んで来たさばをありがたがる京の料理とは違うのだ。

新鮮な魚介が手に入らないから、その分、京の料理人は知恵をしぼった。工夫を重ねた。佐菜はどちらも好きだし、おいしいと思う。

焼きあがったさばを皿にのせ、大根おろしを添えて座敷に運ぶ。

「おお、焼きさばだ。うまいぞう」

甚五郎が勧める。

「おお、熱いうちに食おうぜ」

辰三が箸を持つ。

三人は焼きさばに夢中になった。

「このさばは甚五郎が釣って来たのか」

「おう、そうだよ。今朝、船で沖に出たんだよ」

「なんだ、わざわざ悪かったなぁ」

「いや、いいんだ、いいんだ。ほら、久しぶりに三人でうまいもん、食おうと思ってさ」

「そうだなぁ。こうやっていると昔のことを思い出すよな。三人でよく酒飲んだよな」

「ああ、あのころはしょっちゅう、会ってたなぁ。覚えてるか、ほら……」

　思い出話が始まった。

　ひとしきり仲間の消息やら、馴染みの店の話に花が咲く。

　突然、角一が言った。

「俺は上方に行って分かったよ。たしかにあっちの庭はすごい。百年も二百年もかけて工夫して来たからさ、植木屋の腕もいい。かなわねぇんだ。しみじみ思った。上方にいたら今の俺はねぇ。江戸で生まれたから親方になれた」

「そうかぁ？　おめぇなら、どこでもやって行かれただろう」

　意外そうな顔で辰三がたずねた。

「いやあ、そうはいかねぇよ。江戸っ子は三代目で大威張りだけど、上方じゃ、五代、十代続いていても新参だな。とくに京はな。ちょいと名のある寺も公家さんとこも、じいさんのじいさんからの付き合いだなんていうのが、がっちりつながってる。よその土地から来たもんは入れねぇ。この松はひいじいさんが植えたもんで、代々うちとこで面倒みさせてもろてますなんて、言われるんだぜ。最初から門前払いだよ」

「そういうことかぁ」

甚五郎はしみじみとした声をあげた。

「そこ行くと江戸はいいんだよ。江戸っ子なんか一握りで、あとは津々浦々から集まって来てんだよ。ちょいと人より頑張って、頭使えばなんとかなる。江戸だったから、植木屋やってこれたんだな。とにかく勢いがあんだよ。こんな面白いところはどこ探してもねぇよ」

角一はにやりと笑って甚五郎と辰三の顔を見た。

「おめえらさ、この前、俺がちょいと上方を褒めたから、腹を立てたんだろ」

「そういう訳じゃねぇけどさ」

甚五郎がもごもごと口の中で反論する。

「そんなん、お見通しだよ」

角一は卵焼きをぱくりと食べた。

「だけどさ、なんでも自分のところが一番だって思うのは、田舎もんのやることだよ。江戸にいる上方の奴らがなんでも『上方じゃあ』って言うだろ。あれ聞くと、くっだらねぇって思うだろ。それと同じことなんだよ。甚五郎、辰三、おまえらも気をつけな」

「そういうもんかねぇ」

辰三もつぶやく。

「江戸の町で幅を利かせているのは、もともと江戸生まれじゃないやつだ。そういう奴らの家だの、庭だのつくらせてもらって商売をしてんだ。いい所なんだよ。江戸は。俺は上方に行ってそれが分かった」

角一が言うと、

ははははは。

甚五郎と辰三は照れたように笑った。

三人とも長年の外仕事で顔は日に焼けて深いしわが刻まれている。太い力のありそうな腕と広い背中をしている。仕事ができて、遊びも一流の誇り高い江戸の職人たちだ。

「なんだよ、おまいさん。一本取られちまったじゃないか。ああ、面白い、面白い。じゃあ、ここいらでひとつ歌わせてもらおうか」

甚五郎の女房が三味線を取り出した。

宴はまだまだ続きそうだ。

四話　お見通し、れんこんはさみ揚げ

1

　鳥の声に混じって謡の声が聞こえてきた。専太郎の住むこのあたりは能楽に関わる人々が集まっている。大鼓の宗家である専太郎の家の隣はシテ方、その周囲にワキ方、笛と小鼓が並ぶ。

　佐菜が炊きたての白飯をよそうと、専太郎は静かに朝餉を食べ始めた。今朝はれんこん団子をつくった。すりおろしたれんこんと豆腐を卵でまとめ、ごま油でこんがりと揚げてからとろりと甘じょっぱいたれをかけたものだ。見た目は茶色いが、さくりと箸を入れて割ると中は白い。ふんわりとやわらかく、もっちりとした粘りもあって隠し味のごまの風味がする。

ほかには油揚げと子芋の味噌汁、小豆の甘煮、大根のぬか漬けだ。

六歳の専太郎は魚全般、緑と赤の野菜を好まない。だから、佐菜はれんこんをよく使う。薄切りにしてさっとゆで、酢ばすにすれば、しゃきしゃきとして歯触りがいいし、すりおろしてれんこん団子にすればもっちりとした食感がある。とても重宝な素材なのだ。

「蓮の花が開くときに、ぽんと音がするというのは本当でしょうか」

「どうでしょう。私は聞いたという人に会ったことがありません。来年、蓮の花が咲く頃に池之端に行ってみたらいかがですか。たくさんの蓮が植わっていますから。開くときの音が聞けるかもしれませんよ」

「そうですねぇ。もし本当に音がするなら、さぞにぎやかなことでしょうねぇ」

専太郎は貴公子然とした美しい顔をほころばせた。

朝餉をつくりはじめたころの専太郎は、もっと幼く、弱々しかった。家の中に引きこもって折り紙を友としていたころだ。

本格的に謡と仕舞の稽古をはじめ、武家の子供たちと遊ぶようになって変わった。少年らしい凜々しさを感じさせるようになった。子供というのは、こんなにもわずかな間に成長を見せるものなのか。

佐菜は最近の専太郎の変わりように驚いている。

「色はえて掛けし蓮(はちす)の糸桜 掛けし蓮の糸桜 花の錦のたてぬきに 雲のたえまに晴れ曇る 雪も緑も紅(くれない)も」

突然、専太郎が謡った。

「それはなんですか？」

「お能の『当麻(たえま)』の一節です。その昔、中将姫という美しいお姫さまがいて、大和国の当麻寺で一晩で曼荼羅(まんだら)を織り上げたそうです。そのときに使ったのが蓮からとった糸でした」

「れんこんから糸が取れるのですか？」

佐菜はたずねた。れんこんを折ると糸をひくことがある。すぐに切れてしまう、あの細い糸をどうやって束ね、織るのだろうか。

佐菜が不思議そうな顔をしたからだろう。専太郎はうれしそうに笑った。

「ご存じではありませんでしたか？　私も不思議に思っておじいさまにうかがいました。『藕糸(ぐうし)』というものがあるそうです。南の暑い異国でつくられている貴重な糸で、冬は絹のように暖かく、夏は麻のようにさわやかなものです。たくさんのれんこんから、ほんのわずかしかとれないものです」

「いろいろなことをご存じなのですね」

「おじいさまのことですか？　そうなのですよ。不思議だと思ったことをたずねると、たちどころに教えてくれます。おじいさまは、書物を読んだり、人にたずねたりして分からないことを調べるのが好きなのだそうです」

　専太郎は賢そうな目を向けた。

　その顔に市松が重なった。

　専太郎は見目麗しいだけでなく、賢く、礼儀正しく、気持ちがまっすぐだ。市松も、こんな風に育ってくれたらと思ってしまうおばあさまの気持ちも分からないではないけれど。三益屋がなくなってしまった今、市松の前にあるのは泥だらけの道だ。

　専太郎と市松は違うのだ。佐菜は胸の中がもやもやした。

　おかねの店に戻ると、いつものようにお民と権蔵が空き樽に座って惣菜を食べていた。

　権蔵が手にしていたのは、芋の煮転がしではなく、れんこんである。

「れんこんは先が見えるって言ってな。運がつくんだ」

権蔵はうまそうにれんこんをかじった。

「湯島天神の富くじを買ったから、縁起をかついだんだってさ」

おかねがにやにやと笑いながら言った。

一攫千金の夢を買うのが富くじだ。あまりの熱狂ぶりに禁止令が出たこともあったが、富くじの人気は衰えない。

「権蔵さんみたいなお客のために『縁起のいい食べ物』を売ってみたらどうだい？」

お民が思いつく。

「たとえば……紅白の酢ばすとか。正月みたいだねぇ」

おかねが首を傾げた。

「れんこんを薄く切って揚げたらどうですか？　運気が上がるれんこん揚げと銘打って」

「佐菜ちゃん、いいよ。あんた、なかなか商売人だよ」

権蔵が持ち上げる。

「そんなら子芋がついて金が増える里芋の串刺し」

「面白い、面白い」

おかねの発案にお民が手を打って喜ぶ。

「そうだ。うちも『勝負』にかけて菖蒲湯にしてみよう」

「五月の節句でもないのにか」

お民が思いつき、権蔵が茶化す。

「権蔵さんとこだって、なにかあるだろう。金ぴかの茶碗とかさ」

「茶碗はないけど瓢箪（ひょうたん）の絵柄の湯のみがあったよ。瓢箪から駒が出るって言うからな。店先に置こうかな」

四人でにぎやかにしゃべって笑っていたら、町人髷に縞の着物の二十歳くらいの若者の二人連れがやって来た。

「おう。ここかい、おでかけ料理人。家に来て料理をつくってくれるんだろ。ちょいと頼まれてくれねぇかな」

背の高い、甘い顔立ちの若者が歯切れのよい江戸ことばでたずねた。隣の男は真剣な様子でこちらを見ていた。

「どんなご用になりますか」

おかねが愛想よくたずねた。

「うん、じつはさ、明後日、こいつの親父が郷里（くに）から出てくるんだ。江戸でどんな暮らしをしているのか見たいんだってさ。つまり、久しぶりの親子のご対面ってわけだ。俺たちも加わるから夕餉の膳四人前」

「お父さんが郷里からね。お国はどちらなんですか？」

おかねがたずねる。まだ初対面の人の前では緊張してしまう佐菜はおかねの後ろに隠れていた。

「加賀百万石……の隣の隣ってところかな。でも、聞いて驚くな、ご家老さまだ」

「ほう、それはすごい」

権蔵が声をあげた。

「ちがいます。全然、ちがいます。そんな……、家老なんて。そんな立派な家柄ではありません」

頰を染めて必死になって否定した。その言葉に訛りがあった。

色白で、やせている。下がり眉に人の良さそうな細い目をしていた。

「こいつは高村蓮次郎（れんじろう）、学問をしていて、たまに舞台に立つ役者だ。そんで、俺は花太郎。川村座で役者をやりながら芝居の筋書きもしてる。もう一人、与太郎って落語の前座がいて、その三人で人形町界隈に住んでいるんだ。長屋じゃないよ。一軒家だ」

「ほう、立派なもんだねぇ。だけど、市村座ってのは聞いたことがあるけれど、川村座はあんまり聞かないねぇ」

お民が鼻で笑う。

「あたたた……。それを言われると困っちまうねぇ。市村座ほど大きくはねぇけど、面白いものをやっている。まぁ、覚えといてくださいよ。来年の今頃はすごいから」

花太郎は言葉だけは威勢がいい。

権蔵は追及の手を緩めない。

「ふうん、じゃあ、おめぇはどんな役をやっているんだ」

「そりゃあ、言わぬが花の吉野山ってやつでね」と花太郎。

「馬の役とか、そんなところだね」

お民が笑う。馬の被り物を着て二人がかりで人をのせる役である。

「あ、あれは、みなさんが思うより難しいんです。乗るほうは鎧なんかを着て重たいんです。私は以前、馬の脚をやったとき、持ちこたえられなくて膝からくずれて、それから二度と私に声がかかりません」

蓮次郎が大真面目に答えた。

「馬脚を現すってのはこのことだって」

花太郎の言葉に佐菜は吹き出した。

「それで、お料理ですがご注文はありますか?」

やっと話に加わった佐菜がたずねた。

「れんこんの料理をお願いします。父がれんこんを食べたいと言って来たのです」

蓮次郎が答えた。

「そうなんだよ。こいつの親父はれんこんが大好きでさ、なにしろ、蓮次郎の蓮はれんこんの蓮だよ」

「れんこんなら、煮ても焼いても、揚げてもおいしいですよ」

そんなやりとりを黙って聞いていたおかねが、真顔でたずねた。

「悪いけど、おでかけ料理は只って訳にはいかないんだよ。そっちのほうは大丈夫かい」

「もちろんです。そういうことでは、ご迷惑をおかけしません」

蓮次郎は懐から古びた縞の財布を取り出すと、逆さにふった。ちゃりちゃりと一文銭と四文銭ばかりが転がり出た。中にかろうじて銀が一つ混じっている。

「昨夜、清水の舞台から飛び降りたつもりで用意したんだ。持ってけ泥棒ってなもんだ」

花太郎は相変わらず口が減らない。

――こんな奴らのところに、佐菜ちゃんひとりで行かせて大丈夫かい？

お民がそういう顔でおかねを見た。

――やけに調子がいいけど、どうなんだ？　こいつら。

権蔵の眉根が寄る。

――困ったねぇ。断るんなら今のうちだよ。

おかねが佐菜を振り返る。

しかし、佐菜はそんな三人の思惑に気づかない。

「では、明後日に夕餉の膳、四人分ですね。そちらの台所をお借りしますので、一度、見せていただきたいのですが」

「よし、そんなら、今から来るかい？」

花太郎が調子よく答えた。

寛永の頃、京から江戸に下ってきた猿若勘三郎は日本橋中橋で猿若座を始めた。

これが江戸歌舞伎の始まりといわれている。やがて、人形町通り辺りに次々と人形浄瑠璃、見世物小屋、曲芸、水芸などを見せる小屋ができて人が集まるようになった。茶屋に料理屋、菓子屋に居酒屋、さらに呉服屋に本屋、薬屋などさまざまな店ができて繁華街となった。

佐菜たちは役者や出し物を書いたのぼりが立ち並ぶ芝居小屋の前を過ぎ、料理屋が並ぶ一角に出た。

高い塀に囲まれた立派な料理屋の前で花太郎は立ち止まった。まぶしいような白壁で、二階の窓の格子も凝っている。江戸芳も立派だと思っていたが、それよりさらに豪華である。

「俺らの家はこの裏なんだ」

花太郎が言った。

塀の脇に人一人がやっと通れるくらいの細い路地があった。花太郎と蓮次郎は慣れた様子で路地を入っていく。佐菜もあとに続いた。路地の先に木戸があって、そこを抜けた先が急に開けて小さな家が建っていた。周囲は草ぼうぼうで、しかもその草が枯れていた。たぬきか狐のすみかのようだ。

「……ここが……みなさんのお住まいですか？」

佐菜はたずねた。

「まぁ、お住まいってほどのもんじゃねぇけどさ。向こうとこっちの料理屋がどっちも自分の地所だって言い合って二十年も喧嘩しているんだってさ。この家は、まだ、両方が仲良かった時分に建てたんだってさ。まぁ、いろいろあって、俺たちが借りている。三部屋もあるんだぜ」

花太郎がにやりと笑った。

「日当たりは悪くないですね」

「そうだろ。居心地は悪かねぇんだ。だけど、とにかく入り口ってもんがあの木戸しかねぇからさ、向こうさんの虫の居所が悪いと閂（かんぬき）をかけて、出入りできないようにされちまうんだ。まぁ、その分、家賃は安いんだけどね」

「木戸を閉められたらはいれないじゃないですか」

「そうなんだよ。だから、こっちも策を練った」

じっくりとながめると、木戸の脇に抜け穴が掘ってあった。戸が閉まっている時はあの穴から出入りするらしい。

さすがに佐菜も妙なところに来てしまったと気づいた。

「なんかさぁ、芝居がはねたあとって、まだ体にその熱が残っているような感じがして騒ぎたくなるんだよ。大きな声をあげたり、水を掛け合ったりしちまうんだ」

「それを、ここでやるんですか」

「いつもってわけじゃねぇよ。でもね、それが芝居ってもんなんだ。醍醐味なんだよ。三日やったらやめられないっていうのは本当だね」

そのとき、家の中から十七、八の坊主頭の若者が出て来た。筒袖の着物で、裾が短いので脛(すね)が見えている。

「やあ、おかえり。へんな虫がはいってきて、おっぱらうのがたいへんらったよ。あれぇ、この人は？」

舌足らずな口調で言うと、不思議そうに佐菜をしげしげとながめた。

「……おでかけ料理人の……佐菜です。台所を見せてもらいにやってきました」

佐菜が挨拶すると、若者はぺこりと頭を下げた。

「おいらは与太郎。落語のぜんざれす。このひとが、りょうりをつくってくれるのかぁ。だけど、だいどこなんて、あったかなぁ」

「あるよ。俺たちが使わねぇから、おめぇが知らないだけだよ」

「ああ、そうかぁ」

あははと与太郎は無邪気に笑った。

「入り口はこっち」

花太郎が玄関を開けた。中をのぞいた佐菜は思わず声をあげた。さまざまなものがいっぺんに目に飛び込んできたのだ。

もともとは四角い家を四等分して、四畳半の部屋を三つと台所がつくってあった。その部屋を仕切る襖を取り外し、広い座敷をそれぞれが好きに使っているらしい。さっきまで寝ていたという様子の布団が三つ。そのまわりに着物、紙、皿小鉢、そのほか訳の分からないものが散乱していた。

おかねやお民の心配顔の意味が、今、やっとわかった。

これは大変な仕事を受けてしまった。ぐっとこらえてたずねた。

「台所はどちらですか」

「こちらです」

蓮次郎が指さした先は板の間で、土間にはかまどが見えた。近づいて確かめると水甕（みずがめ）は空で底にはうっすら埃が積もり、裏の戸の先に洗い場があるが井戸はない。

「お水はどこから持って来るんですか？」

「木戸の向こうの料理屋の井戸を使わせてもらえることになっている。俺たちはあんまり使ってないけど」

「水甕もずいぶん前から空のようなんですけれど、洗い物はしないんですか」

「うん、まぁ……」

　蓮次郎は口ごもる。

「あらいもんなんか、しねぇんだ。さよう、ささまき、ごがつのせっく」

　与太郎が話に割り込んだ。

　佐菜は気を取り直してたずねた。

「失礼ですけれど、蓮次郎さんはこちらで学問をなさっていらっしゃるんですか。……高村さまは明後日いらっしゃるわけですね。蓮次郎さんが……、そのお、こちらにお住まいになっていることはご存じなんですか」

　蓮次郎は困った顔で佐菜を見た。

　散らばったものをあっちに寄せ、こっちにどかしてなんとか四人が座れる場所をつくった。そこで話を聞くことになった。

「正直に言うと、蓮次郎は学問を止めてしまっている。学問所の寮も出された。

たまたま知り合った俺たちと、今はこうして暮らしている」

花太郎が言った。隣で蓮次郎は小さくなっている。与太郎はにこにこ笑っている。

「……蓮次郎さんのお父さまは、蓮次郎さんが学問所を止めてしまったことはご存じなのですか」

「……知りません」

蓮次郎が小声で答える。

「しれたら、たいへんらよー。くびねっこ、つかまれて、くににもどされちまう」

与太郎がはやし立てた。

「私は、もう少し、江戸にいたいのです。……なぜと聞かれても困るのですが、今はまだ帰る時ではないと」

「……つまり、お父さまを騙すということですか？」

「人聞き悪いなぁ。騙すなんて、そんな大層なことじゃねぇよ。ちょっとまぁ、辻褄を合わせてだねぇ、安心して帰ってもらうんだよ」

佐菜は花太郎、蓮次郎、与太郎の三人の顔をながめた。すっきりとした役者顔の、妙に世慣れた感じのする花太郎。落語を地で行くような与太郎。その間にはさまって、まじめで朴訥な蓮次郎が小さくなって座っている。

「……私はその嘘に加わることになりますよね」

「あんたは関わりないよ。料理を頼まれただけだもん。こいつの親父の好きなれんこんの料理をつくって、喜んでもらえばいいんだ。それだけさ」

花太郎が理屈を言う。

「父は私に江戸に行って世間を見て来いと言いました。よい友達をつくれとも。学業を続けられなかったし、父の思うような暮らしではないかもしれないけれど、私は私なりに世間を見て、学んでいるんだと思います。そういうのは、だめですか?」

蓮次郎は真剣な様子で佐菜にたずねた。

「でも、その気持ちをお父さまに告げることはないですよね。学問所に通っていることにしておくんですよね」

「あんた、面倒くさいって人から言われねぇか。いいか。ここは役者と芸人の町なんだ。まじめに働いている奴らが、芝居見たり、寄席に行ったりして、ちょいと息抜きをする所なんだ。正しいか、正しくないかじゃねぇ。面白いか、面白くないかが、物事を決めるんだ。蓮次郎は子供のころから頑張って来たんだよ。だから、今、ひと息ついているんだ。人生の中休みだよ。郷里に帰ったらまた、元の蓮次郎に戻るんだ。それでいいだろ」

「なんでもかんでも、おやにいうのは、こどものやることら。おとなっていうのは、ひみつがあるんら」

「花太郎さんは作者と役者の、与太郎さんは寄席の仕事があります。私も芝居小屋の手伝いをして駄賃をいただいたりしているので、贅沢をしなければ暮らしていけます。父からは金を送ってもらっていますが、それはなるべく使わないようにしています。この人たちが私の金をあてにしているというようなことはありません」

　蓮次郎が顔をあげ、きっぱりと言った。

「おいらがびょうきになったとき、蓮じろうさんが、いしゃのおかねもらしてくれたんだ。いのちびろいしたんらよ。そのおかねは、おいらがひとかどのはなしかになったら、かえすつもりら」

　与太郎が強い調子で訴える。

「……少し、考えさせてもらってもいいですか」

「ああ、いいよ。だけど、返事は早くな。明後日のことなんだから」

花太郎が投げ出すように言った。

帰りは木戸のところまで蓮次郎が送ってくれた。

「じつは、お金については、もうひとつ、お伝えしたいと思います。さっき、与太郎さんが命拾いをしたと言ったでしょ。あのとき、私の蓄えでは足りず、父に『眼鏡をつくる』といって金を送ってもらいました」

「……流行り病だったんですか」

「闇鍋です。落語の兄さんたちと闇鍋をやったんです」

それぞれが材料を持ち寄って、暗闇の中で食べる鍋料理だ。落語家の弟子たちの闇鍋だから洒落がきつい。うまい、まずいを通り越して、とんでもないものが入っている。

「兄さんたちは食べるふりして食べなかったようですが、与太郎さんは年が下だったこともあって、ちゃんと食べて……倒れました」

「……そんなこと……」

「高熱を出して、以来、舌がよく回らないようになりました。……今は治って、わざとやっているのかもしれませんけれど。……落語の師匠も洒落のきつい人で『おめぇ、これで本物の与太郎だ。よかったな』と言ったそうです。たしかに、与太郎さんの噺は面白くなりました。あの人の『寿限無』は絶品です。お客さんがお腹を抱えて笑います」

佐菜は言葉が出なかった。

「つまり、私が言いたいのは……。それぐらい、あの人たちは真剣なんです。真剣に馬鹿なことをしているんです。そういう人たちなんです。学問所の人たちとはまったく違うやり方で自分の道を歩いています。そういうあの人たちが私は好きです」

蓮次郎は真摯な表情をしていた。その顔を見たら、先ほどの花太郎や与太郎の言葉がすとんと胸に落ちた。

正しいか、正しくないかではなく、面白いか、面白くないかが物事を決める世界もあるのだ。そして、花太郎と与太郎はそういう世界に生きているのだ。

「分かりました。引き受けます。れんこんの料理。明日、もう一度、詳しいことについて、ご相談に参ります」

佐菜が答えると、蓮次郎は白い歯を見せた。

おばあさまの耳に入れたら大変なことになると思ったのに、夕餉のときに、佐菜はうっかり、この話をおばあさまにしてしまった。

おばあさまの目が三角になった。頬が染まり、眉間にしわがよった。

「つまり、今度のお仕事というのは、父上をたばかるのが狙いなのですか」

「えっと、あ、いえ。ですから……、そういうことではなくて」

「親を愚弄するなどもってのほかです」

おばあさまは箸をおき、膝に手をおいてそう告げた。

「私も最初、そう思ったのです。でも、三人はとてもいいお仲間で……。いえ、ですから、お父さまとじっくり話をするのによい機会かと……」

「儒教の教えに『五常』というものがあります。人が常に守るべき五つの道徳『仁義礼智信』のことです。義は道理、人の行うべき道筋です。信は人を欺いてはいけないということです。時代や立場が変わっても、人が守るべき教えです。あなたは、それに反しようとしているのですよ。すぐお断りしなさい。そんなことをするための、おでかけ料理ではありません」

怒って席を立ってしまった。

2

おばあさまは正しい。

けれど、佐菜は承服できない。

以前はおばあさまの言うことに従っていたが、このごろは素直になれないこともある。

その朝、専太郎はめずらしく食欲がなかった。

「頭が痛いのです。胸になにか詰まったような感じもします」

「いつからですか？」

「昨日の夕方からです。夕餉はほとんど食べませんでした」

「それは困りましたねぇ。お母さまは心配されたでしょう」

「はい。ですから、早く休みました。朝になったら治るかと思いましたが、まだ調子が戻りません」

専太郎は細い指で眉のあたりをなでた。

「理由は分かっているんです」

「はい……」

どうやら、謡と仕舞の稽古に来る武家の子供たちと関りがあるらしい。専太郎は次々と新しいことを教わり、少々痛い目にもあっている。

「昨日、酒粕を焼いて食べました。焼くから大丈夫と言われましたけれど……、あれはお酒です」

「そうですよ。お酒を搾った後のものですから、それは酔っぱらいますよ。じゃあ、今朝のは……」

「二日酔いというものらしいです」

「そのことをお母さまには伝えましたか」

「まさか。気絶されます。佐菜さんだから言うのです」

切れ長の美しい目が笑っている。

これを成長というのだろうか。

「大人になるということは、ひみつを持つということです」

「だれがそんなことを言ったんですか」

「おじいさまが教えてくださいました。お能にはひみつを持つ人たちがたくさん出てきます。最初はみんなふつうのおじいさんや女の人の姿で出てくるんです。でも、途中で実は自分は亡霊だとか、木の精だとか、正体を明かすのです。ひみつや嘘の甘さと悲しさが分かるのが大人だと言われました」

「そうですか」

なんだか、とても深いことを教えられている気がする。

目の前の専太郎はふっくらとした頰の六歳の子供だ。偏食でひ弱で、部屋に閉じこもって折り紙ばかりして周囲を心配させていた。

だが、それは世を忍ぶ仮の姿で、専太郎の中には六十歳の老人が住んでいるのではあるまいか。

佐菜は不思議な気持ちで専太郎をながめた。

専太郎の朝餉を終えておかねの店に行った。

おかねは桶にいっぱいの子芋の皮をむいていた。佐菜もいっしょにむきはじめた。専太郎が酒粕をおやつに食べて二日酔いになった話をしたら、おかねは楽しそうに笑った。

「しょうがない坊ちゃんだねぇ。……ところでれんこんの話はうまくいきそうかい？」

「それが、昨日、うっかりおばあさまにその話をしてしまったんです。そうしたら、親をたばかる真似をするなとお怒りで……」

「まぁ、そういうだろうね。あの人なら」

大きな菜切り包丁を器用に扱いながら、おかねはうなずいた。

「それで私も困ってしまって。引き受けると言ってしまったし……」

「ふうん」

おかねは鼻を鳴らした。

「それで、あんたはどう思っているんだよ」

「……それは、やりたいです。もちろん、お父さまに嘘をつくのはいけないけれど、あの人たちには、あの人たちの理屈や生き方があるんです。蓮次郎さんもあの場所で大事なことを学んでいるんだなって思いました」

「じゃあ、なんにも考えることはないよ。おでかけ料理処の主はあんただ。だから、自分で決めていいんだよ」

「……それでいいんでしょうか」

おかねは芋をむく手を止めて、佐菜に向き直った。

「自分の看板をあげるってことの意味が、まだ分かっていないようだね。おでかけ料理処はあんたの店なんだ。仕事を受けるかどうか、どういう風にやっていくのか、あんたが自分で考えて、自分で決めるんだ。人の意見に左右される必要はない。舵をとるのは自分だ。いちいち、おばあさんに許しを請う必要もない。黙っていればいいことだ。そのあたりのことは、子供の専太郎ちゃんだって、分かっているじゃないか。あんたは大人だ。しっかりしなよ」

「そうでした」

「あんたのおばあさんも、なかなかの人だから、あんたが話を進めたって聞いたらもめるかもしれない。だけど、それでいいんだよ。自分の看板をあげるっていうのは、そういうことだ。覚悟はあるかい？」

おかねはにやりとした。

蓮次郎と花太郎は掃除をしていた。

家のまわりの草を刈っている。

「明日の用意をさせてもらっていいですか？　かまどに一度、火を入れてみたいのですが」

佐菜が言うと、花太郎は大きくうなずいた。

「よし、ちょっと待ってくれ。こっちが終わったら行くから」

台所と土間も散らかっていたので、そこにあったあれこれを外に出した。紙屑に木切れに、何に使うかもわからないものばかりだった。こうしたものでも屑屋に出せばいくらかにでもなるのだが、そういう気持ちはないらしい。

水甕が空だったので料理屋の井戸を借りることにした。

料理屋の勝手口で裏の家のものだが、井戸を使わせてもらいたいというと、白髪の男が出て来た。

「裏に家なんか、あったかねぇ」

「木戸の向こうの、あの家なんですけれど」

「ああ、あの家か。あんた、あの家の人かい？」

じろりと値踏みするように佐菜を見た。

「いえ……。手伝いに来ました。……掃除の……」

「はぁーん。掃除。そんな洒落たことをすることもあるんだ。……あんたに言ってもしょうがないことだけどね、あそこの土地も家もうちのもんなんだよ。知らない間に人が住んでしまって迷惑しているんだ。まぁ、店賃をもらっているから目をつぶってはいるんだけどね」

ぶつぶつ文句を言いながら佐菜を井戸に案内した。佐菜が水甕を洗う間も横にいて、余計なことをするんじゃないよというように見ている。

「この井戸だってうちの井戸だからね。井戸水はただだって思っているかもしれないけど、何年かに一度は井戸さらいをしなくちゃならないし、まるっきり手間なしってわけじゃあ、ないんだよ。うちの井戸は、深いから水がよくてね。金を出すから売ってくれっていう、お茶人さんもいるくらいなんだ」

ひとこと言おうものなら倍になって返って来そうなので、ひたすらだまって聞いている。水甕を抱えて木戸を抜けると花太郎がやって来た。

「悪いねぇ。こんなことまでさせて。白髪の親父が出て来なかったか。店の主なんだよ。俺らがいくと説教だからね。水汲むだけで半時はかかっちまう」

軽々と水甕を抱えて運んでくれた。

「蓮次郎さんとは、どこで知り合ったんですか？」

「知り合ったっていうか、拾ったんだな」

花太郎が冗談めかして言った。

「蓮次郎のやつ、田舎から江戸に出て来て、あんまり人がいっぱいいるんでびっくりしたんだってさ。それで江戸の人はどの人ものすごく賢く、立派に見えた。気後れして金縛りにかかっちまったんだよ。まぁ、だいたいは半月もすればとけるんだけどね」

蓮次郎は金縛りのままだった。

学問所に座っていても講義が頭に入らない。なにを言われているのか分からないし、質問されても答えられない。

講義に出るのが辛くなり、病気を理由に寮に閉じこもることが多くなった。

夜は眠れないし、昼間はだるい。鬱々と暗い気持ちで過ごしていた。

「土手に座ってぼんやり川を見ている若い奴がいるからさ、ちょいと手伝ってくれって引っ張って来たんだ。村人役の役者が一人足りなかったから衣装を着せて端の方に立たせていたんだ。ぽつんと、所在なさそうにしててさ、妙におかしかったんだ。それを見てた座頭が『茶を持っていけ』とか、あれこれ用を言いつけるんだ。あいつが舞台に出て行くたびに笑いが起こった」

なんとなく分かるような気がした。

蓮次郎はまじめな仕草が面白い。どこか愛嬌がある。

「幕を引いてご苦労さんって、みんなで酒を飲んだ。蓮次郎は楽しそうによく笑った。それから、しばらくすると、ひょっこりやって来て……。そんなこんなで三人で暮らすようになった」

「つまり、居場所を見つけたわけですね」

「ああ、そうだよ。そういうことだ。えっと、水甕はここにおけばいいのか」

台所につくと花太郎がたずねた。

「使っていないようなので、一度、かまどに火を入れてみたいんですけど」

「おう、そうだな。とすると、焚きつけがいるよな」

花太郎はあたりを見回し、紙屑や木っ端など火口になりそうなものを集め出した。

火口に火を移し、かまどに火を入れた。

枯れ葉と枯れ枝と紙屑が燃えて、ぱちぱちと赤い火が見えた。手近にあった紙屑と木屑を投げ込む。たちまち燃え尽きてしまった。

「薪もいるなぁ」

花太郎がつぶやく。

「それから、味噌と醬油、油の類もお願いします」

「ああ」

小さくうなずいた。

昨日はなかったまっさらな襖を開けると蓮次郎がいて、部屋はすっかり片付いていた。なんのことはない。布団や着物などを全部、残りの二部屋に運んだだけだ。

「襖があったんですね」

佐菜は驚きをこめて言った。

「花太郎さんが知り合いの料理屋から無理言って借りて来たんです」

蓮次郎が誇らしげに言う。

「張り替えたばかりだからな。絶対に汚すなって言われてる。しかし、部屋に何もないというのもあれだな。学問をしているんだから机ぐらいねぇとな」

「それから書物……」と蓮次郎。

「そうか、そうか。机の上には硯とか、紙とかなんかあってだね。学問をしていたという風にしなくちゃいけない。えっと……」

「ですから、そういうものは、あのとき、みんな質に入れてしまったんですよ」

「ああ、与太郎の病気のときな。よし、芝居小屋からそれらしく見えるものを借りて来よう。机と棚だな。その棚には書物が積んであって目印のしおりの紐なんかが下がっているんだ」

芝居の小道具で使って慣れているのか、花太郎はあれこれと算段をする。

「……その前に畳を拭いたほうがいいなぁ。なんだか、べたべたする」

　蓮次郎も花太郎も足の裏が真黒だ。

「風呂に入って、着物も着替えねぇとな。それに髪結いも……。金がかかるなぁ」

　花太郎がぼやく。

　ちょうどそのとき、与太郎が大きな風呂敷包みを抱えて帰ってきた。

「おう、花たろう、蓮じろう。ざぶとん、かりてきたよ」

　ふかふかと綿のたっぷり入った紫の座布団が出て来た。

「お前、どうしたんだ。やけに立派な座布団じゃねぇか」

「うん。あにさんがだいじにしている。いつか、こういうざぶとんにすわる、りっぱなはなしかになるようにって、いなかのおふくろさんが、つくってくれたんらってさ。おしいれにしまったまま、いちどもつかってない」

「兄さんがいいって言ったのか」

「うん、いなかったから、ちょうどいいとおもって、かりますよって大きな声でことわった」

「お前、それじゃあ、断ったことにならねぇだろう。しょうがねぇなあ。こんな立派な座布団使えねぇよ。返して来いよ。……あ、それでさ、ついでに、米と醤油と油を少し借りて来い。今度はちゃんと断るんだぞ」

「わかったー」

与太郎はまた元気に出かけて行った。

ともかく、ようやく料理の話になった。

「れんこんのお料理ということなので、紅白の酢ばすに、芝えびをはさんだれんこん団子、汁代わりにかまぼこやしいたけ、旬のぎんなんを入れた茶碗蒸しはいかがでしょうか。茶碗蒸しは見栄えがしますが、卵一個で四人分できるんです。そのほかには、青菜のおひたしと香の物」

「いいですねぇ。茶碗蒸しは父の好物です」

蓮次郎が顔をほころばせた。

「鍋釜包丁は私のほうで持って来ますが、茶碗や皿小鉢は使えそうなものがありますか？」

「ああ、そういうもんもいるのかぁ。まぁ、いい。俺がなんとかする」

花太郎は太っ腹な所を見せた。

3

翌日、佐菜は支度をして蓮次郎たちのところに向かった。

手にはれんこんやえび、卵、かつおぶしにごまなどの材料、みりんや砂糖、酢などの調味料一式を入れた籠。背中に鍋、釜、包丁などの金物にまな板と七輪も加えた風呂敷包みを背負った。大変な大荷物である。

「大丈夫かい。出遅れた夜逃げみたいだねぇ」

おかねが笑った。

「これでも、ぎりぎりに絞ったんです」

佐菜は答えた。

家に行くと、蓮次郎たちが待っていた。蓮次郎は武家の髷がよく似合った。どこぞの江戸詰めの藩士のようだ。役者顔で姿のいい花太郎ははまり過ぎて、かえってつくりものめいている。与太郎は笑ってしまうほど似合わない。

「最初に、父には今の私の暮らしをありのままに伝えたいと思います」

昨夜、よく眠れなかったのか青白い顔で蓮次郎が言った。

「こいつ、今日、親父さんに言うことを一晩かかってまとめたんだとさ。飯食ったあとにしたらって言ったんだけど、先にしたいって言うから。だからさぁ、悪いけど、話によっちゃあ、料理が無駄になるかもしれねぇ」

花太郎が呆れ顔で言った。

「これは酒を飲んで話すことではありませんから」

蓮次郎は口をへの字にして繰り返す。

「のこっても、おいらたちがちゃんとくうから、あんしんしてくれ」

与太郎がいつもの調子で言う。

「そういうことですね。分かりました。……えっと、蓮次郎さんは眼鏡をかけないんですか？」

佐菜が言うと、三人は顔を見合わせた。

「そうだよ。眼鏡だ。眼鏡を買うといって金を送ってもらったんだ」

蓮次郎があわててだし、花太郎が芝居小屋に眼鏡を借りに走った。

佐菜は台所で仕事をはじめた。

井戸で新しい水をくみ、米を研ぐ。

しゃっ、しゃっと音をたて、白い研ぎ汁が出て米の香りに包まれた。少々不安なときも、米の香りをかぐと気持ちが落ち着く。

頭の中でその日の料理の手順を確認し、段取りを思い出す。

れんこんの皮をむくと、ほれぼれするようなみずみずしい、白い肌が現れた。そのままおくとあくが出て茶色になるので、酢ばすにするれんこんを酢水につけた。

酢水につけると、シャキシャキした歯ざわりで、水にさらすとほくほくの食感が楽しめる。だから、はさみ焼きに使うほうは水でさらした方がいい。

こうした事柄を教えてくれたのは、女中の竹だ。竹はおしゃべり好きで、だれとでもすぐ仲良くなれる人だったから、こまごまとしたコツを料理人から聞いていた。

おかねもお民もだれとでも気軽にしゃべる。

佐菜はひどい人見知りだ。初めての人には緊張して、うまく言葉が出ない。顔が赤くなり、汗が出る。

蓮次郎も佐菜と同じように、人とつきあうのが苦手らしい。でも人見知りは人間嫌いとは違う。田舎から出て来て、知っている人がだれもいなかった蓮次郎は、ずいぶんと心細かったことだろう。

佐菜はおかねと出会って、煮売り屋で働くようになり、お民や権蔵にからかわれたり、励まされたりして鍛えられた。石山名人に出会い、専太郎の朝餉をつくるようになった。こんなふうにおでかけ料理が仕事になったのも、おかねがいたからだ。

人との出会いは大事だ。

蓮次郎には花太郎と与太郎がいる。口数が少なくて、人とつきあうのが上手でなくても、ちゃんとお天道さまは出会いを与えてくれる。

佐菜はれんこんに包丁を入れるときらりと光る糸が見えた。これが藕糸というものか。れんこんから伸びた、今にも切れそうな、つややかな細い糸をながめた。

人見知りの人間は、その少ない機会を大切にしなくてはならない。

西の空が赤く染まるころ、蓮次郎の父親が来た。

名を高村剛右衛門(たかむらごうえもん)という。

佐菜が膳を運んでいくと、蓮次郎や花太郎、与太郎を前にゆったりと座っていた。

蓮次郎の父親というから、細身の学者肌を想像していたが、剛右衛門はまるで違った。上背はあまりないが、がっしりとした体つきで恰幅がいい。鉢の大きな、よく光る頭に小さな髷をのせていた。

「蓮次郎、学問のほうはどうだ？　励んでいるか」

大きな響く声でたずねた。

「え、あ、はい。父上。……今日は、そのことで少しお話がございます」

対する蓮次郎の声は消え入りそうに小さい。思いつめた様子で口火を切った。

「ほう、どんな話かな。今日は、お前の話をゆっくり聞こうと思ってやって来た」

剛右衛門が鷹揚にうなずく。

「じつは……」

蓮次郎が青白い顔をあげたその時だ。剛右衛門はひょいと膳に手を伸ばした。

「酢ばすか。うん。きれいな色だな。わしの好物だ。その娘がつくったのかな」

佐菜の方を見た。

「上出来、上出来。……おっ、藕糸が出ている。お前は見たことがあるか。れんこんの糸だ。うん、今日はめでたい」

「あ、はい。それで、学問のことですが」

剛右衛門はシャキシャキと気持ちのいい音を立てながら食んでいる。

「酢の加減もちょうどよい。……それで、蓮次郎、今は何を学んでおる」

「……えっと、あの論語です」

意表を突かれて、蓮次郎は答えた。言葉が勝手に出てしまったという感じだ。

出鼻をくじかれ、蓮次郎は頰を染め、うつむいた。

沈黙があった。

学問所をやめました。その一言がのどの奥に張り付いているらしい。

「どうぞ、ご酒を」

困った花太郎が酒を勧める。蓮次郎の小さなため息が聞こえた。

佐菜は台所に戻ってれんこんのはさみ揚げをつくった。

生きのいい芝えびを三つ、四つに切る。隠し味はしょうがのしぼり汁で、片栗粉をつけてれんこんにはさむ。

油でさっと焼き付けるつもりでいたが、恰幅のよい剛右衛門の姿を見たら揚げ焼きのほうがよいような気がした。鍋にたっぷりと油を注ぎ、れんこんを入れる。ジウジウという音と共にえびの香りが立ちあがる。きつね色に焼けたら取り出して油をきる。別の鍋で醬油とみりん、それにしょうがのしぼり汁を加えたたれを煮詰め、さっとからめた。

蒸し器では茶碗蒸しが出来あがっている。

膳にのせて運んだ。

「ほう、茶碗蒸しにれんこんのはさみ揚げか。これはご馳走だ。お前たちも、熱いうちに食べなさい」

いの一番に与太郎が手を伸ばす。

「うっまいなぁ。こんな、うまいもん、はじめてたべたよ」

「そうじゃのう。普段はどんなものを食べているのだ」

盃を手にした剛右衛門が与太郎にたずねる。

「だいたいはとうふらね。あれは、すぐたべられるからいいんら。かねがないときは、あにさんののこりものをもらうんら」

正直な言葉に花太郎がぎょっとした顔になる。

すでに酔いも進んでいるらしい剛右衛門は豪快に笑った。

「おお、左様か。若いうちは腹が空くしのう」

「ああ。はらもみのうち。ぶしはくわねど、たかようじ」

肝心なことを言い出せずに悶々としている蓮次郎と、好き放題なことを言う与太郎の間で困っていた花太郎は、ついにさじを投げたらしい。ぐいと盃を飲み干すとはさみ揚げに手を伸ばした。

「おう、うめぇなぁ」

思わずつぶやく。

「な、そうらろう。やっぱり、おでかけさんにたのんでよかったなぁ。蓮じろうもあついうちにたべたほうがいいよ」

与太郎が無邪気な様子で言った。

ご飯と香のものを持って行った時には、宴は蓮次郎を置き去りにして盛り上がっていた。盃は煩わしいと茶碗に代わっている。

「つまり、お前たちに必要なのはこの言葉だな。

少年老い易く学成り難し

一寸の光陰軽んずべからず」

朱熹（しゅき）の有名な漢詩を剛右衛門がそらんじる。

「どういういみだぁ。おいら、がくがないからわからねぇや」

「学ぶべきは書物からばかりではない。出会う人、できごと、すべてが学びだということだ」

剛右衛門は部屋の隅で気配を消して座っている蓮次郎をちらりと見る。

「なるほどねぇ」

顔を赤くした花太郎が大げさに感心する。

「おいらもしっているよ。いぬもあるけばぼうにあたる。ろんよりしょうこ。ろんごよみのろんごしらず」

酔いで頬を染めた与太郎が大きな声をあげた。

「それはいろはかるただろう。わしも得意だぞ。花より団子、針の穴から天をのぞく。蓮次郎の兄が妻子を持っていて、その子らとかるたをする」

「おお、それで、よくご存じなんですね」

花太郎が調子よく持ち上げる。

「と、としよりのひやみず」

与太郎が突然、大きな声をあげる。

「なにを、こしゃくな。人を年寄り扱いするな。よし、る、瑠璃(るり)も玻璃(はり)も照らせば光る。お前たちは光っているか」

すばやく剛右衛門も応戦する。

「錆(さ)び刀も磨けば光る」

負けずに花太郎も加わった。

「ほうほう、面白い。もっとないのか」

「ひかるおやじのはげあたま」

与太郎が言って、花太郎に頭をはたかれた。

「ははは。小僧、言いおったな。それなら、これはどうだ。刷毛（はけ）に毛があり、禿（はげ）に毛がなし」

剛右衛門の言葉に、与太郎は腹を抱えて笑った。

「おやっさんやるじゃねぇかぁ」

与太郎が差し出す酒を茶碗で受ける。

二人は意気投合して酒を酌み交わしている。

そのうちに、剛右衛門は机の上の筆に目を留めた。ふらふらと立ち上がり、筆を手にした。それは与太郎が寄席から持って来たもので、高座にあがる噺家の名前を看板に書くための太筆だ。

「襖が妙に白くて淋しくないか。今から、わしがここに揮毫する。お前、墨をすれ」

与太郎に命じた。

「へーい、がってんしょうち」

花太郎があわてて止めにはいった。

「えっと、それは……。ちょっと……」

「そうか。壁がいいか。だったら、どのあたりがいい」

土壁はあちこちはがれていて、とても揮毫できる状態ではない。

「ここは借家ですから、今、紙を用意いたします」

花太郎はあわてて奥の部屋に紙を探しに行った。

「よし、まぁ、その間に墨をすってくれ」

与太郎は危なっかしい手つきで墨をすり始めた。硯も寄席から借りてきた大きいだけが取り柄のような安物である。

「何と書こうかな。春風駘蕩（しゅんぷうたいとう）……。季節が違うか」

剛右衛門は首を傾げている。

「色はえて掛けし蓮の糸桜 花の錦のたてぬきに……。ちと長いな」

「それは、お能の当麻ですか」

佐菜がたずねた。

「おお、そなたはご存じか。料理がうまいと思ったが、お能にも詳しいか。感心、感心。蓮次郎の名は最初、『連』の字を使うつもりだったのだ。ところが、なぜかお袋が反対した。それで『蓮』にしたのだ。れんこんは先が見通せる。藕糸というものもある。藩もお家も長く続くようにと願いをこめて蓮次郎になった」

うれしそうにうなずく。やがて「よし、こうしよう」と膝を打った。

立ち上がり、しばらく襖をにらむと、筆をとり、一気に書き上げた。

「朋有り、遠方より来る、また楽しからずや」

剛右衛門はびりびりとあたりに響くような大声で読み上げた。

文字のかすれも味となった、なかなかの腕前である。

「遠くから友が来て、酒を飲んでみなで騒いだという意味ではないぞ。学び合う心を持つ者は、たとえ遠く離れていても集まって語るということだ。語り合い、学び合う。それが友というものだ」

「つまり、おれたちのことかぁ」

「おお、よく分かっておるではないか」

剛右衛門は与太郎の肩を抱く。

「見つかりました。こちらの紙ではいかがですか」

巻紙を抱えてやって来た花太郎は襖の文字を見て、泣きそうな顔になった。しかし、剛右衛門は頓着しない。

「本日の礼にこの一言を贈った。どうだろうか」

「……いえ、ありがたき幸せです」

花太郎は頭を下げた。

「よし、今日は楽しゅうござった。わしは帰ることにする」

剛右衛門が立ち上がった。

「えっと、あの、その、父上……」

蓮次郎が追いすがる。

「うん、まだ、何かあったかな」

「はぁ、いえ、あの」

顔を赤くしてうつむいてしまった。大事な一言はのどの奥に張り付いたままだ。

しっかりしろ。蓮次郎。

佐菜は言葉にならない声援を送る。

「泣きっ面に蜂。習わぬ経は読めぬ」

突然、剛右衛門がそらんじた。

「えっ？」

蓮次郎が驚いた顔になる。

「お前はそうやって、一生、もじもじしているのか」

その一言が蓮次郎を動かした。

「ち、父上。お話ししなければならないことがあります」

渾身の力を振り絞って蓮次郎が告げた。だが、またしても剛右衛門ははぐらかす。

「今日は酔っている。明日の朝、藩邸に来なさい」

食えない男なのだ。

佐菜はやっと気づいた。剛右衛門はすべてを見抜いていた。三人の芝居に気づきながら、楽しく酔って遊んでいた。

すっかり片づけを終えて帰ったのは夜も更けてからだった。

家に戻ると、おばあさまは起きて待っていた。

「佐菜さん、ずいぶん、帰りが遅かったですね。まさか、例のれんこんの方のところではないでしょうね」

「いえ。そのれんこんのお仕事です。先にお伝えせず、申し訳ありませんでした」

佐菜はおばあさまの目をまっすぐ見て告げた。

「でも、あの仕事は……」

「ご安心ください。郷里から出ていらしたお父さまを騙す仕事ではありません。言わなければならないのに、ずっと言えなかったことを伝えるための一夜でした。お父さまもそのことを分かっていらっしゃる気がしました。……おでかけ料理は私が看板をあげた、私の仕事です。おばあさまにはこれからも助けていただくことがあると思いますが、最後は私の判断で進めたいと思います」

おばあさまは驚いたように目を見開いた。

「生意気なことを言って申し訳ありません。けれど、今後もそのようにしていこうと思います」

長い沈黙があった。

やがて、おばあさまはぽつりとつぶやいた。

「……そうですね。おでかけ料理は佐菜の仕事です。それに、佐菜はもう、自分で判断できる年になったのですものね」

自室に去っていくおばあさまの背中が小さく見えた。

蓮次郎はその後、姿を現さなかったから、どんな風に事を収めたのか、あるいは収めることができなかったのか分からなかった。

十日ほど経ったとき、また、石山名人のところで謡の集いがあり、佐菜に声がかかった。大工の甚五郎や左官の辰三、それにおばあさまなどいつもの仲間である。

料理をすべて出し終わり、挨拶に向かった。

襖を開くと目の前に、思いがけない顔があった。

がっしりとした体つき。広い額に小さな髷。高村剛右衛門である。

剛右衛門が口を開いた。

「やはり、そなたであったか。先日のれんこん料理を思い出したから、もしやと思っておりました」

「そういえば、ご子息をたずねてこられたのですね」

石山名人が言った。

「まぁ、あれこれ迷うこともあったようでござるが、あと一年江戸にいたいと申すので許しました。勉強は学問所だけでするものではござらぬ。面白い、よい朋友とめぐり合って、苦労しているようですな。若い時分にしか得られぬものがござろう。小さな藩ですからな、井の中の蛙のままでは困るのです」

おばあさまが、「おや？」というように剛右衛門の顔を見た。

「いやいや、たしかに大きくはないけれど、なかなかに力のある藩ですよ。立派な大粒の栗に天下一甘くてやわらかな干し柿、それにうまい鴨がとれる。よそにないものを持っているのは強い」

「先人の苦労に感謝するばかりじゃな」

剛右衛門はおおらかに笑った。

「……最初からすべてご存じだったのですか？」

佐菜はたずねた。

「愚息のことでござるか？　まぁ、概ねはな。学問所の長はそれがしの古い友人ですから、学業が遅れていることも、寮を出たことも聞いており申した」

「そうだったんですか……」

知っていて黙って金を送っていたのか。佐菜は不思議な気持ちがした。

「高村様も今は、こんな風に落ち着いておられるけれど、江戸勤めの若いころはなかなかでしたからねぇ。その頃からの付き合いだから、わしはよく知っている」

「そういやぁ、お師匠も若い頃は悪太郎だったって聞いてますよ」

甚五郎が軽口をたたく。

「佐菜さん。人は還暦を過ぎると太いしっぽが生えるんですよ。たぬきやきつねに近くなる」

石山名人が目くばせをしながら言った。

「はは、まったくだ」

辰三が膝を打ち、一同が笑う。

「あら」

おばあさまだけが不服そうに口をとがらせた。

「利久さん、ひみつや嘘の甘さと悲しさが分からないと、お能の本当の面白さは分かりませんよ」

石山名人がおだやかな眼差しを向けた。人は嘘をつく。ひみつを持つ。他人に対してだけでなく、自分にも。複雑で面倒で、面白い生き物なのだ。

そのことを分かるのが大人になるということかもしれない。

蓮次郎が言っていたではないか。

——父は私に江戸に行って世間を見て来いと言いました。よい友達をつくれとも。

蓮次郎は花太郎と与太郎に出会った。二人は蓮次郎とは違う理屈で生きていて、想像もしていなかった世界を見せてくれた。

それでよいのだ。すべてなのだ。

学問は二の次、三の次だ。

江戸の暮らしはあと一年ある。蓮次郎は何を見、考え、学ぶのか。

生真面目で気弱で人見知りの強い蓮次郎の顔が浮かんだ。

一年後の蓮次郎に会ってみたい気がした。

五話　心によく効く七味唐辛子

1

市松は三益屋にいたころのことを、ぼんやりとしか覚えていない。三益屋にはおとうちゃまとおかあちゃま、そのほかたくさんの人たちがいた。市松はいつも、ねえやのみっちゃんに背負われていた。みっちゃんのほっぺたはお餅みたいにやわらかくて、背中は温かくて甘い匂いがした。みっちゃんの背中にいると、市松は安心した。

もう少し大きくなると、市松はみっちゃんと手をつないで歩いた。みっちゃんが庭を掃いたり、洗い物をするときは少し離れたところに座って眺めていた。みっちゃんは煎り豆や干し芋のおやつを分けてくれた。そういうとき、みっちゃんは「おかみさんには内緒ね」と言った。

縁の下で生まれた野良猫の子を、みっちゃんたち若い女中が見つけて、こっそり餌をやって飼っていたことがある。そのときもみっちゃんは「おかみさんには内緒ね」と言った。

子猫は大人たちに見つかってどこかに連れて行かれたけれど。

ある日、部屋にいるのも飽きて外に出た。みっちゃんがいたら遊んでもらおうと思ったのだけれど、見当たらなかった。家の裏手を歩いていたら、どこからか子猫の鳴き声が聞こえた。

みっちゃんたちが猫の子に餌をやっていたことを思い出した。今度も、また、隠れて飼っているのだと思った。

子猫の鳴き声は物置の中から聞こえてくるようだった。戸が半分ほど開いていたので中に入った。物置の中はうす暗く、ほこり臭く、木箱がたくさん積み重ねられていた。子猫を探したけれど姿が見えなかった。

しんとして静かだった。

突然、がたんと音がして戸が閉まり、真っ暗になった。

舌がのどに詰まったような気がした。

夢中で入り口まで走ったけれど、なにかにつまずいて転んだ。起き上がり、手当たり次第に壁や木箱をたたき、大きな声で呼んだけれど、だれも答えない。かっと体が熱くなり、汗が出て来た。がたがたと震えた。

泣き叫び、叫び続けて声がかれて、それでも誰も来なかった。そのうちに、なにがなんだか分からなくなった。

気がついたら、おかあちゃまに抱かれ、まわりにはたくさんの人がいた。

「どうして、ひとりで勝手なことをするのよ。物置で遊んではいけないと言ったでしょ」

おかあちゃまは市松の体を揺すり、涙をぽろぽろこぼした。そんなおかあちゃまの姿をはじめて見た。市松はごめんなさいと言いたかったけれど、声がかすれて息しか出なかった。言いつけを破ったから罰を受けたのだと思った。

その後、おかあちゃまとふたりになった時、「どうして物置に入ったの?」とか、「だれかに連れて行かれたの?」と何度も聞かれた。

子猫の鳴き声がしたからと答えたけれど、おかあちゃまは納得しなかった。

「だって、市松は暗いところが嫌いでしょ。ひとりで物置に入ったことなんかないじゃない。みっちゃんでしょ。みっちゃんと一緒だったから物置に入ったんでしょ」

怖い顔で何度も、何度も繰り返したずねた。市松は「ごめんなさい、ごめんなさい」と泣きながら謝った。

それは思い出すのも嫌な、恐ろしい出来事だったから、市松は胸の奥にしまって閂をかけ、思い出さないようにした。けれど、なにかの拍子に閂がはずれる。突然、頭の後ろが騒がしくなって、背中にひゅっと冷たい風を感じる。そうすると、あの暗い物置に閉じ込められたときの胸がつぶれるような恐ろしさが戻って来る。

そんなとき、みっちゃんがいてくれたらなぁと思う。みっちゃんの膝に座って、温かくてやわらかな胸に顔を押しつけたかった。

神田の家に移って、おかあちゃまと二人で暮らすようになった。おかあちゃまは毎日、忙しそうにしていた。唐辛子やほかのものを切るのに刃物を使うからと、仕事場に入れてもらえなかった。

気がついたら、また、みっちゃんが傍にいた。

今度のみっちゃんは市松と同じくらいの年の男の子だった。

みっちゃんとおしゃべりしたり、遊んだりするのは楽しかった。けれど、みっちゃんの姿はほかの人には見えなかった。おばあさまは、みっちゃんはこの世のものではなくて、市松をどこかに連れて行こうとしている恐ろしいものなのだと言った。

みっちゃんとさよならした時、みっちゃんは悲しそうな顔をした。

市松はまた一人になった。

母のお鹿がおたぬき七味唐辛子本舗で働くようになり、市松は昼間、おばあさまの手習い所で過ごすことになった。そこには、正吉という二歳年上の男の子がいた。

正吉はおばあさまのことを「ばあちゃん」と呼び、友達のように接する。退屈すると立ち上がって歩き回るし、寝転ぶこともある。おばあさまに叱られてもへっちゃらだ。

神田の家にいたころ、二軒先に染春（そめはる）という染物屋があって、そこに四人の子供がいた。一番上が八歳で六歳、五歳、四歳の四人。だれかの肘があたったとか、食べ物をとられたとか、ちょっとしたことで喧嘩して、そのたび小さい子が泣いて、大きな子が怒られて、いつもわあわあと騒がしくしている。市松も転ばされたり、置いていかれたりした。

正吉は染春の子供たちのように乱暴をしないけれど、体も声も大きいから少し怖い。

おばあさまの所では、行儀よくしなくてはいけない。言葉遣いも直される。

みっちゃんがいたらなぁと思うけれど、みっちゃんはいない。

思い出すと悲しくなるので、胸の奥に閂をかけた。


「では、もう一度、最初から。子曰く……」

手習い所でおばあさまがよく通る声で論語をそらんじた。向かいに座った市松は背筋をのばして、おばあさまに続いた。

「子曰く、之を知る者は之を好む者に如かず。之を好む者は之を楽しむ者に如かず」

「よく言えましたね。この意味は、物事をよく知っているという人は、そのことを好きな人にはかなわない。また、それがいくら好きであっても、それを楽しんでいる人にはかなわないということです」

市松はうなずいた。四歳の市松が理解するのはまだ難しいから、今はとにかく丸ごと覚えてしまうようにと言われている。

隣に座っていた正吉は「あーあ」という声をあげて、ごろりと畳に寝そべった。

「ばあちゃん。つまんねぇよ。外に散歩に行こうぜ」

「正吉ちゃん。起きて机の前に座りなさい。今はお勉強の時間です。あなたよりもずっと小さい市松ちゃんも、ほら、きちんと座ってわたくしの話を聞いて声を出していますよ」

「うぃー」

正吉は座り直した。けれど、すぐに体をぐにゃぐにゃさせ、隣の市松にちょっかいを出した。脇腹をくすぐられて、市松は「ひゃっ」と声をあげ、おばあさまににらまれた。

「では、正吉ちゃん。続きを読みなさい。子曰く……」

また、正吉は寝転がり、言った。

「それよりカルタをしようぜ」

「カルタはしません。今は論語のおさらいです」

おばあさまは静かに諭した。

「じゃあ、いいや。おいら、論語は覚えなくていい」

正吉はきっぱりと宣言した。

市松は驚いて正吉の顔を見た。

そんな風に大人の人の言いつけに逆らうなんて、考えたこともなかった。

「だめですよ。論語は人の生きるべき道筋を教えてくれる大切なものです。今は分からなくても、いつかきっと論語の大切さを分かる日が来ます」

「だってつまんねぇんだもん」

正吉は口をとがらせた。

市松は肝が縮んだ気がして、二人の顔を交互に眺めた。

「覚える気がないのだったら、ここにいる必要はありません。出て行きなさい」

「ああ、出て行くよ」

正吉は立ちあがると、部屋を出て行こうとした。

「待ちなさい。どこに行くんです。勝手なことをしてはいけません」

おばあさまは叫んだ。正吉は振り返って叫んだ。

「なんだよ。出て行けって言ったから、出て行くんだろ。あのさぁ、おいらはこういうのは嫌いなんだよ。なんで前みたいにいっしょに散歩して、鳥みたり、あめんぼつかまえたりしねぇんだよ。分かんないことがあると、家に戻って調べてさ。ああ、面白かったねって笑ったじゃねぇか。なんだよ。なんで、変わっちまったんだ」

捨て台詞を残して正吉は逃げて行った。

おばあさまは怒るのも忘れて、正吉の背中を見送っている。

結局、その日、正吉は戻って来なかった。

翌朝、正吉は少し遅れて手習い所にやって来た。市松が習字をしているのを見ると、部屋の隅にあった天神机を自分で運んで、市松の隣に座り、道具を取り出した。

おばあさまはなにも言わない。

正吉はすぐに飽きたらしく寝転んだ。おばあさまは正吉を別の部屋に連れて行った。しばらく二人で話をしていた。正吉は戻って来ると、机の前に座った。

昼餉のあと、市松が縁側にいるとふらりと正吉がやって来た。

「おい、市松。お前、かぶと虫の子供、見たくないか?」

「かぶと虫?」

「ああ。でっかい角があって、黒くてぴかぴか光っているんだ。かっこいいんだぜ」

正吉は鼻をひくひくさせた。市松が見たいともなんとも言わないのに家の裏手に連れていき、縁の下においた籠を大事そうに取り出した。

枯れ葉と土を敷いた木箱の中にひだのある白いいも虫が三匹眠っていた。いも虫はずんぐりとして不気味な感じがした。

「……これがかぶと虫？　角がないよ」

「角が出るのは夏、大人になってからだ。こいつはまだ子供なんだ」

正吉はかぶと虫の幼虫を手の平にのせ、指先で突ついた。かぶと虫はゆっくりと茶色の頭を持ち上げ、その拍子にころりと転がった。元に戻ろうと、小さな突起のような脚をもぞもぞと動かした。

「触ってもいいぞ」

「……ううん、いい」

市松は両手を背中に隠した。

「そっか。お前も虫はだめなんだな。ばあちゃんの孫だもんな。だけどさぁ、学者になるんだったら、かぶと虫についても知らなくちゃだめだぞ。おいら、昨日、えらい学者の先生に会ったんだ」

正吉は得意そうに言った。

「虫のこともよく知っているホンゾーなんだ。その先生が言ったんだ。本だけ読んでいても学者にはなれないって。市松も、なりたかったらホンゾーを勉強した方がいいぞ」

市松は学者や医者になりたいわけではない。なればいいと言ったのは、おばあさまだ。

かぶと虫の子供を持って正吉はどこかに行ってしまった。

その日から正吉は、昼餉を食べると勝手に遊びに行くようになった。ホンゾーの先生のところに行くことも多いらしい。

ある日、市松が縁側で本をながめていると、正吉がやって来た。

「お前さ、いっつもそうやって本をながめているけど、面白いのか」

市松は返事に困って首を傾げた。

つまらなくはないけれど、夢中になっているというわけではない。

「今度、おいらがホンゾーの先生のところに連れて行ってやるよ。いろんなことを教えてくれるぞ。すっごく面白いんだ」

正吉は得意そうな顔をした。

ホンゾーの先生というのは、正吉が最近知り合った人である。

正吉はひとりであちこち歩き回るのが好きだ。自分だけの裏道や小道を知っている。

その日も、ふらふらと歩いていたら竹藪の間に細い道があるのに気づいた。たどっていくと、竹垣と木戸があり、その先が急に開けて畑になった。

黒い土のところどころに枯れ草が積んであり、黄色い実をつけた木が整然と並んでいる。陽当たりのいい地面に男が座って書物を読んでいた。

――やあ。

正吉を見つけて男が言った。まるで古くからの知り合いのような言い方だった。

やせた顔は日に焼けて、目尻にはしわがあった。怖い人ではないと思った。

――おじさんはなにをしているの？

正吉はたずねた。

――それは、今、私のしていることをたずねたのかな？　それとも、私の仕事のことかな？

男が聞き返した。

――うーんと、両方。

正吉は答えた。

——なるほど。はじめて会った人にものをたずねるときには、まず、自ら名乗るのが礼儀だ。おまえさんの名はなんという？　どこの子だ？

男は茶色の瞳で正吉をしげしげとながめた。

——おいらは正吉っていうんだ。おっかあは煮売り屋をやっている。

——そうか。私は山本良安（やまもとりょうあん）という『本草学者』だ。みかんや柚子について学んでいる。ここにある黄色い実はみかんに柚子にきんかん、だいだい、そういうものたちだ。今読んでいるのもみかんに関わるものだ。

——その、ホンゾーなんとかってのは、なにをするんだ？

——木や草や虫や鳥や石のことなど、とにかくあらゆることを学ぶのだ。

——ふーん、じゃあ、おじさんは先生か。

——そう呼ぶ人もいる。ところで、おまえさんは虫が好きか？　かぶと虫の子供ならこのあたりにいるぞ。

立ち上がると隅の方に積み上げられた木や枝を棒でつついた。白っぽいいも虫が丸まっていた。

——ほんとだ。かぶと虫の子供だ。触ってもいいか？

――もちろんだ。どうぞ。

正吉はかぶと虫の子供をそっと手の上にのせた。温かい朽ち葉の中で眠っていたかぶと虫の幼虫は風にあたって驚いたのか、体をのばした。指で触れると、やわらかな弾力があった。

――生きているよ。

――こうやって冬を越すんだ。気にいったなら家に持って帰ってながめればいい。上手に世話をすれば夏にはかぶと虫になる。

――かわいいなぁ。でも、かあちゃんがだめだって言うかもしれない。うちは食い物屋だから。

――好きにすればいいよ。冬はあちこちで、いろんな虫が休んでいる。

――虫は子供の時と大人で姿を変えるから面白いな。

正吉はかぶと虫の子供を元の場所に戻しながら言った。

――なるほどな。

――ああ、猫は子供のときから猫だけれど、かぶと虫は違う。いも虫の頃があって、さなぎになって親になる。

――うん、まったくだ。不思議なことだ。虫の中では何が好きだ。

——やっぱり、かぶと虫だ。くわがたもいい。

——私はかめむしだ。

——臭いじゃねぇか。

——生きていくための知恵だ。そうやって蛙や鳥に食われないよう身を守っているのだ。あれは種類が多い。同じに見えるがちょっとずつ違う。

——知っているよ。緑のもいるし、茶色のもある。脚にしまのあるやつも。

——そうだ。よく見ているな。私はかめむしの標本をつくった。ずいぶん、めずらしいものも持っている。見に来るか？

正吉は少し考えてからうなずいた。知らない人について行ってはいけないと言われているが、この人は大丈夫だと思った。良安は正吉を子供だと馬鹿にしないし、話がはずむのだ。

みかんの畑の少し先に良安の住まいがあった。

良安は一人で住んでいるらしいが、部屋はきれいに片付いていた。棚にはみかんやだいだいや柚子などが並んでいた。小さな引き出しのたくさんついた箪笥にはさまざまな種が入っていた。

部屋には書物がたくさんあった。ばあちゃんの家にも本がいっぱいあったが、良安の家にはもっとたくさんの本があって、棚を埋め尽くし、さらに畳に積み重なっていた。

奥の部屋に置かれたかめむしの標本を見せてもらった。標本というのは、死んだ虫を針でさして並べておくものだと知った。そうすると一目で違いが分かる。

良安の言ったとおり、かめむしにはさまざまな種類があった。形も大きさも微妙に違う。一口に緑といっても濃いものと薄いものがあり、脚に赤い筋がはいっているものもあった。

——おもしろいなぁ。おいら、かめむしがこんなに種類があるとは知らなかったよ。これをみんな、おじさんが捕まえたの？

——ああ。十年以上かかった。

——ふううん。じゃあ、子供のころから始めたのか？

——いやいや。私はもう十分、大人になっていた。標本というものを知ったのは三十を過ぎてからだ。

——大人になっても虫を追いかけていいのか？

——もちろんだ。それが本草学という学問だ。

正吉は目を見張った。知らなかった。そんな生き方があるのだ。

大人になったら仕事をするのだと、おっかあは言う。仕事というのは大工や左官のことだ。死んだおっとうは畳職人だった。おっかあの煮売り屋の仕事は嫌いではないが、あれは「女の仕事」だからだめなのだそうだ。

——だけど、学者になるには本をたくさん読まなくちゃいけないんだろ。おいら、本を読むのは好きじゃないんだ。

——何の学者になるかにもよる。私は本も読むが、こうして外で草や木を見ることも大切にしている。本を読めとは、だれが言うんだ？

——ばあちゃんだ。手習い所の先生なんだ。市松って孫に人の役に立つような立派な学者になったらいいと言っている。

——そのばあちゃんという人は学者という人間について思い違いをしているな。学者は書物を読むのが仕事ではない。自分の中のなぜ、どうしてを追いかけるのが仕事だ。そもそも私は学者だが立派ではない。どちらかといえば、自分勝手だ。

——学者は立派な仕事じゃないのか？

正吉は首を傾げた。

——うーん、つまりな。医者は病気や怪我を治すのが仕事だ。そうやって人を助ける。人のためになる仕事だ。だが、学者は違う。自分の不思議を追いかける。

たとえば、私の場合は、みかんや柚子について調べている。どうしたらおいしい実がたくさんつくのか調べたり、考えたりしている。その方法が見つかったら、おいしいみかんが安く手に入るから、人の役にたつ。ここまでは、分かるか？

　良安は茶色の瞳で正吉の目をのぞきこんだ。

――だが、私は人の役に立とうと思ってみかんについて調べているのではない。みかんが不思議で面白いからだ。人の役に立ちたいとか、立派なことを言う学者もいるが、そんなのは嘘だ。いかさまだ。本音は自分が面白いからだ。論語にもあるだろう。

「子曰く、之を知る者は之を好む者に如かず。之を好む者は之を楽しむ者に如かず」

――知っているよ。カルタで覚えた。

――大事なのは、好きで楽しんでいるかどうかだ。私の見るところ、おまえさんは本草学者に向いている。

――そうか。おいら学者になれるのか。すげえな。そしたらホンゾーの学者になる。そんで虫を追いかける。

　正吉は叫んだ。結局、その日、正吉はかぶと虫の幼虫を持って帰ることにした。

それから正吉は良安のもとにたびたび通うようになった。良安はたいてい日当たりのいい場所に寝転んで、本を読んでいた。正吉が行くといろいろな話をしてくれた。

それは市松が来る前、ばあちゃんといっしょに散歩しながら虫や木や雲を見ていたころを思い出させた。

2

昼過ぎ、佐菜がおかねの店で働いていると、新吉がやって来た。

「おい、今日はいいものを持って来たんだ。ざぼんっていうものを知っているか。ジャガタラのほうでとれるみかんだよ」

新吉は抱えていた風呂敷包みをほどいた。中には子供の頭ぐらいの丸い果実がはいっていた。

「おや、大きいねぇ」

おかねが驚いた顔をした。

「そうだろう。重たいんだよ」

新吉は得意そうな顔になる。

「きれいねぇ。触ってもいい？」

佐菜はそっと手で触れた。南方の太陽を思わせるような鮮やかな黄色で、表面はつるりとしてなめらかだった。

「めずらしい果物が食べたいってお客がいて、それで用意したんだ。あとでさ、切ったら、また、持って来てやるから」

大事そうに風呂敷で包むと去って行った。

「切ったら持って来てくれるんだってさ。やさしいねぇ」

いつものように空き樽に座って惣菜をつまんでいたお民がにんまりとした。

「そうだねぇ。若いってのは、いいもんだねぇ」

権蔵も目尻を下げた。

佐菜は二人にはかまわず青菜をゆではじめた。

どうやらお民や権蔵の間では、佐菜と新吉は「仲がいい」ということになっているらしい。大人たちは年ごろのほどよい男女をみると、すぐに近づけたがるけれど、佐菜は新吉を特別な人だとは思っていない。親切にしてもらっているし、人見知りの佐菜が緊張しないで気安く話ができる相手ではあるけれど。

翌日の昼、新吉は約束通り、四つ割りにしたざぼんを持って来た。

薄い黄色い皮の下に分厚い白いわたがついていたので、中の実は思ったほど大きくなかった。ひと房ずつ佐菜とおかねで分けたが、少しぱさぱさとして味がなかった。

「これが、ざぼんってもんかぁ」

おかねががっかりしたように言った。佐菜も同じことを思ったが、黙っていた。

「ざぼんは実を食べるもんじゃないんだ。この白いわたを砂糖漬けにするんだ。ざぼんはわたが貴重なんだ」

新吉は言葉に力をこめた。

おいしい果物だったら親方や先輩たちが食べる。下っ端料理人の新吉が佐菜のところに持って来たということは、だれも引き取り手がいなかったのだ。

「わたを砂糖漬けにするのは、どうやるの？」

佐菜がたずねると、新吉は目を輝かして説明をはじめた。

「まずな、黄色いところを取って白いワタだけにするんだ。そのままだと苦いから四、五回ゆでこぼして、そのあと砂糖で煮て干して、砂糖をまぶして仕上げるんだ。そうすると、うまいお茶請けになる」

「そりゃあ、いいお茶請けになるだろうけどさぁ。うちじゃあ、そんなに砂糖を使えないよ」

おかねが言ったので、新吉はがっかりした顔になった。台の上にはまだ半分ほどざぼんが残っている。

「残ったざぼんはお鹿かあさんのところに持って行ってもいいかしら。新しい七味を考えているから役に立つかもしれないから」

「ああ、そりゃあ、いい考えだ。七味唐辛子にはみかんの皮を入れるそうじゃないか。ざぼんの皮やわたもおいしいかもしれない」

おかねが膝を打った。

「そういう人がいるのか。それはいいな。役立ててもらえよ」

新吉も元気を取り戻して言った。それで面目が立ったのである。

その日は夕方にはみんな売り切れて早じまいになったので、佐菜が市松を家まで送って行った。小さな長屋の一部屋でお鹿は待っていた。

「今日は姉ちゃまに送ってもらったのか。よかったねぇ、市松。佐菜ちゃんも、時間あるだろ。じつは新しい七味唐辛子を試してみようと思っていたんだよ。食べて、思ったことを聞かせてくれよ」

お鹿は笑顔で言うと、かまどに火を入れた。湯をわかし、そばをゆではじめた。

「この前のとびきり辛い七味唐辛子はよく売れたんだよ。だけどさ、辛味は慣れるんだよ。それでもっと辛いものが欲しくなる。よその店からも同じようなものが出たし……。あたしは新宿生まれだから、やっぱり内藤唐辛子のほどよい辛さが好きなんだ。あれは料理の味を引き立てる。辛くて舌がしびれて、何を食べても分からないようにするのは、良くないと思う」

「じゃあ、新しい七味唐辛子は辛みだけじゃないんですね」

「うん。うまみなんだ。それから香り」

「昆布とか、かつおぶしですか？」

「それだと、すぐ分かっちまうだろう。なにが入っているのか分からないほうがいいんだよ。そうすればよそに真似されないし、お客も続けて買ってくれる」

お鹿は七味唐辛子の話になると言葉に熱が加わる。そばをゆでながらあれこれと語った。

「大人ばっかりでしゃべっていて、つまらないよ」

市松が話に割り込んだ。

「ああ、ごめんねぇ。今、そばがゆであがるからね、三人で食べよう」

お鹿は手早くかけそばといわしの煮物の膳を調えた。佐菜は新吉にもらったざぼんを出した。

「これはなんだい？」

「ざぼんっていう果物です。知り合いからもらったんですけれど、役に立ちませんか？」

「面白そうだけど……。それより、この七味をちょっとかけてみておくれよ。やっぱり、七味ってのはそばで味をみないとね。市松はおかあちゃん特製のごまふりかけだよ」

市松の小さなどんぶりにすりごまをふりかけた。

「おいしいね」

一口食べて市松は声をあげた。

佐菜はぱらりと七味をふったかけそばをながめた。唐辛子、山椒、陳皮などおなじみの材料に白っぽい筋のようなものが混じっていた。

「えっと、これは……」

「干だら。細く裂いてみたんだけど、どう？」

「面白いと思います。汁の味が深くなるし。でも、干だらが入るんだったら、そばよりもご飯にかけたいです。そしたら、おかずがなくても食べられるもの」

「そうか。ご飯にかけるか。ちょっと待って」

お鹿は急いで隣の家に行き、茶碗に半分ほどの冷や飯をもらって来た。

「どうだろう。佐菜ちゃんも食べてみて」

二人で食べて首を傾げた。

「ご飯にかけるならもう少し塩気があったほうがいいです」

「そうだよね。やっぱり醤油か」

醤油を一たらしすると、ぐんと味がよくなったのでお鹿はうなった。

「また、大人ばっかりでしゃべってる」

市松が声をあげた。

「ああ、ごめんねぇ。大事な市松さまを忘れてたわけじゃないんだよぉ」

お鹿は市松を膝にのせ、前髪をなでた。市松はお鹿の腹に顔を押し付けた。

市松は家に戻ると、まるで違った様子を見せる。言葉遣いも態度も変わって別の子供になってしまったようだ。

「市松、おばあさまの手習い所は楽しいかい？　今日はなにをした」

「論語だよ。子曰く、之を知る者は之を好む者に如かず。之を好む者は之を楽しむ者に如かず」

　市松はくぐもった声で答えた。

「難しいことを習っているんだねぇ。おっかさんにはどういう意味だかわからないよ」

「うん」

　眠そうな市松の声が返ってきた。

「学ぶことは楽しまないとだめだって意味だから、お鹿かあさんのことですよ」

　佐菜は言った。

「はは、あたしかぁ。夢中になり過ぎていつも市松に叱られているもんね」

　お鹿は市松の体をゆすった。

「早く仕事を一段落させて、もっといっしょに過ごしたいねぇ。この七味唐辛子がうまくいったら、もう少し暇がとれるんだ」

「いいものができるといいですね」

「そうだ。今度、見本ができたら佐菜ちゃんも食べてくれるかい？　意見を聞きたいんだ」

「私のですか？」

「そうだよ。佐菜ちゃんはおでかけ料理人さんになったんだし、煮売り屋さんで毎日お客さんの相手をしているだろう。どういうものが喜ばれるのか知っていると思うんだ」

「お役に立てたらうれしいです」

　そんな話をしているうちに、お鹿の膝の上で市松は眠ってしまった。お鹿は部屋の隅に敷いた布団に市松を移した。ふっくらとした頰が薄紅に染まって、長いまつげが小さく揺れていた。小さなこぶしをしっかりと握っている。

「かわいいですねぇ」

　佐菜は市松の頰をなでた。

「そうだねぇ。どんなに疲れていても、この子の寝顔を見ると元気がでる。頑張らなくちゃと思うんだ」

　お鹿は目をうるませた。

　ざぼんの厚いわたを食べるとは知らなかったとか、皮は干して陳皮の代わりにならないのかとか、二人であれこれ話した。

　急に黙ったお鹿がたずねた。

「市松は手習い所で楽しくやっているかい？」

「物覚えがよいし、なんでも飲み込みが早いとおばあさまは褒めています。習字も算盤もすぐに上達しました」

お鹿は遠くを見る目になって言った。

「しばらくあの子の笑った顔を見ていない気がするんだよ」

佐菜ははっとした。

「おかしくてお腹を抱えて笑う顔、飛び上がるほどうれしい時の顔、本気で怒ったり、すねたりするときの顔。そういう顔をしないんだ。いつも心になにか押し込めているっていうのか……。子供っていうのは気持ちを全身で表すものじゃないのかい。天真爛漫っていうか、無邪気っていうか……」

さっきお鹿と佐菜がしゃべっているとき、市松はなんども割り込んだ。子供らしく甘えていたけれど。

お鹿は小さくため息をついた。

「市松には、こっちの都合で何度も引っ越しをさせてしまった。そのたび新しい場所で新しい人と会う。あたしも十分かまってやれない。……淋しい思いをさせてしまった。かわいそうなことをしたと思っている」

「でも、三益屋がなくなったし、仕方のないことですよね。お鹿かあさんはご自分にできることを精一杯やったと思います。自分を責めないでください」

お鹿は手の中の湯のみを見つめ、なにか考えている。やがて口を開いた。

「みっちゃんのことなんだけどね」

「市松ちゃんにだけ見えるお友達のことですか？」

「うん。でも、もともとみっちゃんっていうのは、市松が赤ん坊のときから世話をしてくれたねえやだ。ずっと市松の世話をしてもらって、市松はみっちゃんに懐いていた。……だから、あたしは市松が物置に閉じ込められたとき、みっちゃんのことを疑った。暗い物置にあの子がひとりで入るなんて考えられなかったし、それができるのは、みっちゃんだけだと思ったから。あたしは、もう、誰も信じられない気持ちになって三益屋を出た」

「そうでしたね」

「だから、あたしの中では『みっちゃん』は物置の出来事とくっついているんだ。……市松がみっちゃんと言い出したとき、ぞっとした。市松に害をなそうとしている者が近づいたと思ったんだ。だから、ぜったいに引き離さなくちゃならないと思った」

「あのときは、おばあさまに一役買ってもらいました」

「おかげでみっちゃんと離れることができた。あれ以来、市松はみっちゃんの名前を口にすることはない。だけど、気がついたら市松は笑ったり、怒ったり、気持ちを表さなくなっていた。本当はもっと以前からだったのかもしれないけれど、あたしが気づいたのは、あのみっちゃんのことがあってからだ」

たしかに市松が大きな口を開けて、心から楽しそうに笑っている姿は記憶にない。正吉も、おとなしい専太郎でさえ愉快そうに笑うのに。以前のべらんめぇ口調も消えて、おばあさまの好むていねいな物言いに変わってしまった。

「そうだわ。正吉ちゃんのおかあさんは煮売り屋のおかねさんでしょ。お鹿かあさんは一度、お店に来てくれたらいいのに。いろんな話ができるから。正吉ちゃんはとっても元気のいい……面白い子だから、おかねさんも悩んでいるんですよ」

佐菜は正吉が長い間おとなしく座っていられないこと、そのためにおばあさまが苦心したこと、最近、市松の教育に夢中になってしまったので正吉が手習い所に通うことを渋っていることなどを話した。

「そうだねぇ。一度、たずねてみようか」

お鹿はうなずいた。

3

このところ、正吉はおとなしく机の前に座っている。おばあさまに盾つくこともなく、算盤も論語も市松のとなりで習っている。退屈することもあるのだろうが立ち上がったり、寝転んだりしないので、おばあさまは機嫌がいい。

市松がいつものように日当たりのいい縁側で本をながめていると、正吉がにこにこしてやって来た。

「おい、市松。面白いものをやるよ」

木の皮のようなものをくれた。正吉にならって口に含むと甘さと香りが広がった。

「ニッキっていうんだ。異国の木だぞ。薬になるんだ。ホンゾーの先生にもらったんだ。面白いだろう」

しばらくすると香りも甘さも消えて、口の中に木の皮だけが残った。どうしたものかと考えていると、正吉が庭に「ぺっ」と吐き出した。いいのかなと思ったけれど、市松も真似をした。

別の日、今度は白い種をくれた。嚙むと、中は緑色だった。

「かぼちゃの種を干してあるんだ。茶を飲みながらお菓子のように食べるんだってさ」

市松はうなずいた。

「先生はホンゾーだからな。いろんなことを知っているんだ」

正吉は得意そうな顔をした。

また別の日、今度は黄色いみかんの皮のようなものを持って来た。

「いい匂いがするぞ。かいでみろよ」

「知ってる。ざぼんっていうんだ」

「そうだよ。ざぼんだ。お前のおっかあは七味唐辛子をつくっているんだろ。その話をしたらこれをくれた。役に立つかもしれないって言ってた」

「これを七味唐辛子にいれるのか？」

「ああ。七味唐辛子にはみかんの皮が入っているから、ざぼんも入れたらどうだろうって」

市松はあらためて夏のお日様のような明るい黄色のざぼんの皮をながめた。

「ありがと。おかあちゃまに見せるね」

「お前なぁ、そのおかあちゃまっていうの止めなよ。子供みたいでかっこ悪いよ」

正吉が鼻で笑った。

おばあさまに言われたからで家では「かあちゃん」と呼んでいるんだと市松は心の内でつぶやいた。


佐菜はお鹿をおかねの店に連れて行った。

「市松ちゃんのおかあさんのお鹿さんです。七味唐辛子をつくっています」

「新しいものを考えているので、味見をしていただいてご意見をうかがいたくて参りました」

お鹿は少し緊張した様子で挨拶をした。お鹿は何度も水を通して色のあせた仕事着だった。目尻がいつもよりきゅっとあがって気持ちの強さが前に出ているようだった。

「よく来たねぇ。佐菜ちゃんから話は聞いているよ。ご亭主を亡くして女手ひとつで市松ちゃんを育てているんだろ。あたしもひとりで正吉を育てているからね。前から一度、会いたいと思っていたんだよ」

おかねは店の奥の空き樽を勧めた。

「とりあえず、うちの味をみてくれよ」

おかねは芋の煮転がしを皿にのせて勧めた。

「じゃあ、さっそく」

お鹿は芋の煮転がしを口に運んで、ほうという顔になった。

「ほくほくとやわらかいし、中までよく味がしみてますねぇ」

「そんな風に言ってもらえると、うれしいねぇ」

おかねの目尻が下がる。

「それじゃあ、さっそくですけれど、うちの新しい七味唐辛子を試してもらえませんか」

お鹿は小さなひょうたんに詰めた七味唐辛子を取り出した。おかねは自分の手の平で受け、指の先でなめた。

「ふーん。そんなに辛くないんだ。魚が入っているんだね。それから柚子の皮。それからこれは……」

「ニッキです。干だらを入れると生臭くなるのです。どうしようかと思っていたら、市松が正吉ちゃんにもらったって持ってきたんですよ。甘い香りがして、不思議な味になるんですよ」

「へぇ。正吉がそんな洒落たものをねぇ。どこでそんなものを手に入れたんだろう」

「市松はホンゾーって人からもらったんだって言っていましたよ」

「ああ、聞いたことがある。新しい友達だろ。物知りで面白いんだって言っていたけど」

「この七味唐辛子はご飯にかけてもおいしいものにしたいなぁと思って」

「おかずの代わりになる七味唐辛子かい？　そりゃあ、面白い。だけどねぇ、それが人気になったらこっちの商売があがったりになっちまう」

おかねは声をあげて笑った。

「でも、おかずがなくなって、まだもう一杯食べたいってときがありますよね」

佐菜が助け船を出した。

「そうだねぇ。男の人は白飯が好きだからねぇ。まぁ、そういう人にはいいかもしれない」

おかねはにぎり飯のために炊いたご飯を茶碗によそい、お鹿の七味唐辛子をふった。

「なるほど、なるほど。そういうことか。だけど、ご飯にかけるならもう少し具がほしいねぇ。彩りも」

「具ですか」

「いっそ、もっと干だらを増やしたらどうだい？　酒の肴になるよ」

「ああ、それは面白い。考えてみます」

「いやいや、そんなんでよかったのかねぇ。あたしなんか、ただの煮売り屋だよ」

そんな話をしている間にもお客がやって来て、あれこれと買っていく。佐菜はお客の相手をしながら二人の話を聞いていた。

「こんな調子だから、あたしは正吉のことはほったらかしなんだよ。なにしろ長く座っていられないっていうんだから、困っちまう。それでも、佐菜ちゃんのおばあさんのおかげでなんとか、やさしいものなら読んだり書いたりできるようになった。ありがたいよ」

お鹿は少し複雑な表情で聞いている。

「物知りだし、信念がある。まぁ、お嫁さんにしたら少々苦労かもしれないけどね」

おかねはいたわるように言った。

「そういえば、正吉ちゃん、手習い所に行きたくないって駄々をこねているとき、ありましたよね」

佐菜が話に加わった。

「それがね、どういう風の吹き回しか、ここ何日か、まじめにやっているんだよ。なんだか、佐菜ちゃんのおばあさんと約束したらしい。それまで、頑張るんだってさ。なにを考えているんだか」

「正吉ちゃんは市松のことを、なにか言っていませんでしたか」

お鹿がさりげなくたずねた。この日、おかねの店にやって来たのは、もちろん新しい七味のこともあるけれど、市松の心配が第一なのだ。

佐菜は二人の前に茶をおいた。

「市松ちゃん？　あの子はおとなしくて物覚えがよくて、おばあさんのお気に入りだろ」

「そうなんですけれど……」

お鹿が口ごもる。気性のはっきりとしたお鹿だが、市松のことになると少し様子が変わってしまう。

「じつはね、お鹿かあさんは市松ちゃんが笑わないって心配しているんです」

「笑わない？」

「怒ったり、泣いたり、喜怒哀楽を表さないっていうか……」

「ふーん。だけど市松ちゃんは大事に育てられたお坊ちゃんだよ。正吉みたいに、お腹抱えて転がったりはしないだろ」

「それにしても、いつも眉根を寄せているような……。以前はそうじゃなかったんです。子供ってもっと無邪気なものでしょう？」

　おかねは急にまじめな顔になって、お鹿を見た。

「それは違うよ。子供は無邪気なばかりじゃないよ。生まれてまだ何年も経っていないんだ。心も体もつきたてのお餅みたいにやわらかい。年明けの鏡餅みたいに乾いて固くなってしまったのは大人のほうさ。……怪我した猫は暗いところに隠れてしまうだろ。子供もそういうところがあってさ、まわりの人に自分の痛いところを見せまいとすることがあるんだよ」

　口をへの字にして、おかねは一瞬、苦しそうな表情を見せた。

「亭主が死んだあと、あたしは悲しむより、これから先、正吉を抱えてどうやって生きていくかが大事だった。もう必死だった。ずぶの素人がこうやって煮売り屋をはじめられたのは、まわりに恵まれていたからだけどね。その間、正吉はいつもどおり元気だった。気にいらないことがあるとひっくり返って泣くし、いたずらだし。でも、淋しいとは口にしなかった。あたしも自分のことで精一杯だったから、気がつかなかったんだ」

あるとき、おばがやって来た。正吉を見ると父親を亡くして不憫だというようなことを言いはじめた。

「突然、正吉が大粒の涙をぽろぽろとこぼして言ったんだ」

――そんなこと言うなよ。おっかあが悲しむじゃないか。それは言っちゃいけないことなんだよ。

「あたしは頭を殴られたような気がした。あの子は自分の淋しさをあたしに見せないようにしていたんだ。だけど、あたしは気づかなかった。いつも膝小僧をすりむいているような正吉に、そんな細やかな気持ちがあるとは思っていなかったから」

沈黙があった。

お鹿は小さなため息をついた。

「それで、お鹿さんはどうなんだよ。ここ最近、お腹を抱えて笑ったことはあるのかい？　その姿を市松ちゃんに見せたかい？　いっしょに楽しいことをしたかい？」

お鹿ははっとした表情を見せた。

「おかあさんが笑わなかったら、子供は笑えないよ。お鹿さんが心から笑わないとさ」

「忘れていました」

お鹿は小さくうなずいた。おかねは膝を打った。

「よし、じゃあ、今日はこれから三人で手習い所に行ってみようか。市松ちゃんと正吉がどんな顔して学んでいるか見てみようよ」

おかねは立ち上がると、さっさと店を閉める支度をはじめた。


「ばあちゃん。今日で十日だよ。おいらはおとなしく机の前に座ったんだ。約束通り、散歩に行こうよ」

正吉は手にした筆を置いて立ち上がると、おばあさまに宣言した。

「そうですね。正吉ちゃんはよく頑張りました。みんなで散歩に行くの久しぶりですね」

おばあさまは笑みを浮かべた。

「散歩？」

「そうだよ。今日はおいらが先生になってばあちゃんと市松に鳥のことや木のことを教えてやるんだ」

「え、正吉ちゃんが先生になるの？」

「そうさ。だから早く支度をしな」

市松は大急ぎで机を片付け、筆や硯を洗い、外に出る用意をした。

風も穏やかで青空が広がる気持ちのいい天気だった。

「どこに行くの？」

「どこに行きましょうかねぇ」

おばあさまは歌うように答えた。

「やっぱり神社だな。それで鳥を見て、川のあたりにも歩いてさ」

正吉は指を折った。

少し歩くと町家に囲まれて小さな稲荷神社があった。鳥居の先に社が見える。

「しっ」

正吉は口の前に指をたてた。

「聞こえるだろ。あれはなんの鳥だ？」

デデポッポー、デデポッポー。

「きじばとだ。どこにいるのかなぁ」

見回すと、樫の木の枝に灰色の鳩が止まっていた。

「じゃあ、今度はわたくしから。向こうの枝にとまっている頭の黒いあの鳥は？」

今度はおばあさまがたずねた。

「簡単じゃねぇか。しじゅうからだ。しじゅうからの鳴き声はひとつじゃねぇんだ。ツーピツーピとか、チユチユパーチユチユパーとかさ。きっと鳥同士で話をしているんだな」

「そうなの？」

「鳥のことを書いた本がありますから、帰ったら見せてあげますよ」

おばあさまが言った。

「よし、じゃあ、市松、お前が問題を出してみろよ」

正吉に言われて市松は首を傾げた。

「なんでもよろしいのですよ。足し算でも九九でも」

おばあさまが助け船を出す。

「じゃあ、七たす五たす四たす八は？」

「暗算は苦手なんだよ」

正吉が情けない声をあげた。

「もう一回、お願いします」と、おばあさま。

「七たす五たす四たす八は？」

「うーんと、三十」

「ちがいます。二十四です」

「へぇ。なんでわかるんだ？」

正吉は不思議がる。それなら、さっきのはあてずっぽうだったのか。

市松は楽しい気持ちになってきた。暖かい日差しが気持ちいいし、鳥の声も聞こえる。

「お、みのむしがいたぞ」

正吉は枯れ枝の房のようなものを持って来た。

「虫？」

「おまえ、みのむしも知らねぇのかよ。中にいも虫が入っているんだ。夏になったら蛾になる。触ってみるか」

市松は後ずさりし、正吉がみのむしを手の平にのせ、突ついたり、転がしたりしているのをこわごわ眺めていた。

「じゃあ、そろそろみのむしを帰してあげましょうか」

おばあさまがやんわりと伝えた。


神社にご挨拶をして川の方に向かうことにした。通りに出たら、向こうからおかねとお鹿、佐菜がやって来るのが見えた。

「なんだよ、おっかあ。どうしたんだ」

正吉が大きな声でたずねた。

「市松ちゃんのおかあさんが来たからさ、あんたたちがどんな風に勉強しているのか見に来たんだよ。手習い所に行ったら留守だったから探しに来たんだ」

「よく分かったなぁ」

「あったりまえだよ。あたしはあんたのおっかあ、だからね」

市松はすぐにお鹿の傍に寄り、お鹿と手をつないだ。

それから六人で川の方に向かった。

「じゃあ、続きをしましょう。正吉ちゃん、お願いします」

おばあさまに言われて正吉は問題を出した。

「冬になるとやって来る鳥はなんでしょう」

「るりびたき」

おかねが真っ先に答える。

「白鳥」とおばあさま。

「えっと、つばめ」

佐菜が答えを絞りだす。

「つばめは夏の鳥だよ」

「市松は？　ほら、川に浮かんでいるでしょ」

お鹿が世話を焼く。

「教えるのはなしだ」

正吉が厳しくとがめた。

「うーん」

市松は首を傾げる。

「いるね、川に首が青い鳥。最初の文字は『か』」

おかねも助け船を出す。

「か？　うーんと、か、か、かも？」

「よし。当たり」

そんな話をしながら川のところまで来た。川といっても堀川だからまっすぐで川原もない。冬のことで水も少なく、ところどころ石が頭を出していた。

「お、魚が泳いでいるよ」

正吉が身を乗り出した。市松はお鹿にだっこされて川をのぞきこんだ。小さな黒っぽい魚影が見えた。

「なんの魚だろうね」

「今なら、ぼらとか、うぐいかなぁ」

おかねと正吉はあれこれとしゃべっている。

市松がちいさなくしゃみをしたので、お鹿は市松をおろし、手ぬぐいで鼻を拭いた。

「おや」

おばあさまが声をあげた。

「わーい」

正吉が手を打って笑った。市松の鼻が黒く染まっているのだ。

「ごめん、ごめん。手ぬぐいにかまどの煤がついていたみたいだ」

お鹿も笑い出した。市松は困った顔をしている。

おかねはお鹿の手ぬぐいで正吉の鼻をこすり、煤をつけた。

「隙あり」

丸い目の正吉がかわいい子だぬきに見えておばあさまが微笑む。佐菜も笑う。

「こだぬきの出来上がりだぁ」

正吉が頰を染めて、一生懸命自分の鼻をこすっている。

「なんだよぉ」

おかねは笑いながら佐菜の顔に手ぬぐいを押し付けた。

「よし、ほら。佐菜ちゃんも姉さんたぬきだ」

言いながら佐菜はおかねの手から手ぬぐいを取り、お鹿の顔に押し当てた。お鹿の鼻も黒くなる。

「だめですよぉ」

「お鹿かあさんも、隙あり」

「あれぇ」お鹿が悲鳴をあげる。

「きつねのおっかあだな」と正吉。

「こん、こん」

お鹿が耳の脇で両手を握っておどけた。

「市松もやってごらん」

不器用な様子で困り顔の市松が恥ずかしそうにきつねの真似をする。その様子がかわいらしく、おかしいので佐菜は笑い出した。離れた場所に逃げたおばあさまも目を細めている。

おかねが自分の鼻を黒くして歌うように言った。

「ぽんぽん、ぽんぽん」

佐菜も続く。

「ぽんぽこ、ぽんぽこ」

正吉は「ひゃっ、ひゃっ」と声をあげ、ひっくり返って笑い出した。

通りがかった人が驚いた顔をしたけれど、構わずみんなでたぬきときつねの真似をした。

「……こん、こん」

市松が小さな声で続けた。

「こんこん、こんこん」

お鹿がおどける。

それを見て市松が笑った。

「こんこん、こんこん」

今度はもっと大きな声で市松が言った。心から楽しそうに笑った。

この作品は文春文庫のために書き下ろされたものです。

DTP制作　エヴリ・シンク

文春文庫

定価はカバーに表示してあります

おでかけ料理人(りょうりにん)
おいしいもので心(こころ)をひらく

2025年2月10日　第1刷

著　者　中島久枝(なかしまひさえ)
発行者　大沼貴之
発行所　株式会社 文藝春秋

東京都千代田区紀尾井町 3-23　〒102-8008
TEL 03・3265・1211㈹
文藝春秋ホームページ　https://www.bunshun.co.jp

落丁、乱丁本は、お手数ですが小社製作部宛お送り下さい。送料小社負担でお取替致します。

印刷製本・TOPPANクロレ

Printed in Japan
ISBN978-4-16-792332-7

おでかけ料理人シリーズ

第1弾
佐菜とおばあさまの物語 ―

ほっこり美味しい！
江戸の出張料理を描く

物知りのおばあさまと、料理好きで内気な佐菜。
「箱入りコンビ」が、知恵と工夫で
美味しいごはんを届ける先には―

第2弾

―ふるさとの味で元気になる

白和えはわが家の味／春日局の七色飯
鯉のうま煮とだし／穴子すし
ねぎと桜えびのかき揚げ

「ホッとする味」「元気がでる味」がたくさん！

（　）内は解説者。品切の節はご容赦下さい。

宇江佐真理
幻の声
髪結い伊三次捕物余話
町方同心の下で働く伊三次は、事件を追って今日も東奔西走。江戸庶民のきめ細かな人間関係を描き、現代を感じさせる珠玉の五話。選考委員絶賛のオール讀物新人賞受賞作。（常盤新平）
う-11-1

宇江佐真理
余寒の雪
女剣士として身を立てることを夢見る知佐は、江戸で何かを見つけることができるのか。武士から町人まで人情を細やかに描く七篇。中山義秀文学賞受賞の傑作時代小説集。（中村彰彦）
う-11-4

上田秀人
奏者番陰記録
遠謀
奏者番に取り立てられた水野備後守はさらなる出世を目指し、松平伊豆守に服従する。そんな折、由井正雪の乱が起こり、備後守はその裏にある驚くべき陰謀に巻き込まれていく。
う-34-1

上田秀人
本意に非ず
明智光秀、松永久秀、伊達政宗、長谷川平蔵、勝海舟。歴史の流れの中で、理想や志と裏腹な決意をせねばならなかった男たちの無念と後悔を描く傑作歴史小説集。（坂井希久子）
う-34-2

冲方　丁
剣樹抄
父を殺され天涯孤独の了助は、若き水戸光國と出会う。異能の子どもたちを集めた幕府の隠密組織に加わり、江戸に火を放つ闇の組織を追う！　傑作時代エンターテインメント。（佐野元彦）
う-36-2

冲方　丁
剣樹抄　不動智の章
隠密組織「拾人衆」の一員となった六維了助。父の死の真相を知り仇討ちに走る了助を義仙が止めに入り、廻国修行の旅へ。幕府転覆を目論む極楽組と光國の因縁も絡み……。（吉澤智子）
う-36-3

海老沢泰久
無用庵隠居修行
出世に汲々とする武士たちに嫌気が差した直参旗本・日向半兵衛は「無用庵」で隠居暮らしを始めるが、彼の腕を見込んで、難事件が次々と持ち込まれる。涙と笑いありの痛快時代小説。
え-4-15

（　）内は解説者。品切の節はご容赦下さい。

熱源
川越宗一
日本人にされそうになったアイヌと、ロシア人にされそうになったポーランド人。文明を押し付けられた二人が、守り継ぎたいものとは？　第一六二回直木賞受賞作。（中島京子）
か-80-2

恋忘れ草
北原亞以子
手習い師匠の萩乃は、家主から気の進まない縁談を持ち込まれるが……。江戸の町で恋と仕事に生きた六人の女たちの哀歓をあたたかく描き、第109回直木賞を受賞した連作短篇集。
き-16-12

あんちゃん
北原亞以子
夢と野心をもって江戸に出てきた男。数年後に商人として成功するが、兄との再会で大切なものを失ったことに気づき……現代人の心を動かす、珠玉の七編を収録した時代小説集。
き-16-13

茗荷谷の猫
木内　昇（のぼり）
茗荷谷の家で絵を描きあぐねる主婦。染井吉野を造った植木職人。画期的な黒焼を生み出さんとする若者。幕末から昭和にかけ各々の生を燃焼させた人々の痕跡を掬う名篇9作。（春日武彦）
き-33-1

宇喜多の捨て嫁
木下昌輝
戦国時代末期の備前国で宇喜多直家は、権謀術策を縦横無尽に駆使し、下克上の名をほしいままに成り上がっていった。腐臭漂う、希に見る傑作ピカレスク歴史小説遂に見参！
き-44-1

助太刀のあと
素浪人始末記（一）
小杉健治
松沼平八郎は義弟から岳父の仇討ちの助太刀を頼まれる。本懐を遂げ、武士として名をあげた平八郎を試練が待ち受ける。三大仇討ちの「鍵屋の辻の決闘」をモデルに展開する新シリーズ。
こ-15-3

情死の罠
素浪人始末記（二）
小杉健治
藩の密偵として素浪人に姿を変え、市井に潜む流源九郎。そんなある日、情死と思われる男女の遺体が発見される。二人の死の裏にうごめく陰謀を暴くため、源九郎が江戸の町を走る！
こ-15-4

（　）内は解説者。品切の節はご容赦下さい。

堺屋太一
豊臣秀長
ある補佐役の生涯（上下）
豊臣秀吉の弟秀長は常に脇役に徹したまれにみる有能な補佐役であった。激動の戦国時代にあって天下人にのし上がる秀吉を支えた男の生涯を描いた異色の歴史長篇。（小林陽太郎）
さ-1-14

坂井希久子
江戸彩り見立て帖
色にいでにけり
鋭い色彩感覚を持つ貧乏長屋のお彩。その才能に目をつけた右近。強引な右近の頼みで、お彩は次々と難題を色で解決していく。江戸のカラーコーディネーターの活躍を描く新シリーズ。
さ-59-3

坂井希久子
江戸彩り見立て帖
朱に交われば
江戸のカラーコーディネーターが「色」で難問に挑む。大好評の文庫オリジナル新シリーズ、待望の第2弾。天性の色彩感覚を持つお彩の活躍、そして右近の隠された素顔も明らかに……。
さ-59-4

坂井希久子
江戸彩り見立て帖
粋な色 野暮な色
天性の色彩感覚を持つお彩と京男・右近のバディも絶好調！ご近所のお伊勢に対照的な二人の婿候補が登場。小粋な弥助と、野暮な浅葱色が好きな文次郎。果たしてお伊勢が選ぶのは？
さ-59-5

佐伯泰英
神隠し
新・酔いどれ小籐次（一）
背は低く額は禿げ上がり、もくず蟹のような顔の老侍で、無類の大酒飲み。だがひとたび剣を抜けば来島水軍流の達人である赤目小籐次が、次々と難敵を打ち破る痛快シリーズ第一弾！
さ-63-1

佐伯泰英
御鑓拝借（おやりはいしゃく）
酔いどれ小籐次（一）決定版
森藩への奉公を解かれ、浪々の身となった赤目小籐次、四十九歳。胸に秘する決意、それは旧主・久留島通嘉の受けた恥辱をすすぐこと。仇は大名四藩。小籐次独りの闘いが幕を開ける！
さ-63-51

佐伯泰英
陽炎ノ辻
居眠り磐音（一）決定版
豊後関前藩の若き武士三人が、帰着したその日に、互いを斬る窮地に陥る。友を討った哀しみを胸に江戸での浪人暮らしを始めた坂崎磐音は、ある巨大な陰謀に巻き込まれ……。
さ-63-101

（　）内は解説者。品切の節はご容赦下さい。

高殿　円
剣と紅
戦国の女領主・井伊直虎
徳川四天王・井伊直政の養母にして、遠州錯乱の時代に一命を賭して井伊家を守り抜いた傑女。二〇一七年NHK大河ドラマにもなった井伊直虎の、比類なき激動の人生！（末國善己）
た-95-1

高殿　円
主君
井伊の赤鬼・直政伝
お前の〝主君〟はだれだ？　井伊家再興の星として出世階段を駆け上る井伊直政。命知らずの直政に振り回されながら傍で見守り続けた木俣守勝の目からその生涯を描く。（小林直己）
た-95-2

田牧大和
甘いもんでもおひとつ
藍千堂菓子噺
菓子職人の兄・晴太郎と商才に長けた弟・幸次郎。次々と降りかかる難問奇問に、知恵と工夫と駆け引きで和菓子屋を切り盛りする。和菓子を通じて、江戸の四季と人情を描く。（大矢博子）
た-98-1

田牧大和
晴れの日には
藍千堂菓子噺
菓子バカの晴太郎が恋をした!?　ところが惚れた相手の元夫は、奉行所を牛耳る大悪党。前途多難な恋の行方に不穏な影が忍び寄る。著者オリジナルの和菓子にもほっこり。（姜　尚美）
た-98-2

田牧大和
子ごころ親ごころ
藍千堂菓子噺
さちの友だち・おとみは、再嫁した母親の嫁ぎ先が生さぬ仲の娘を嫌ったため、伯父夫婦に引き取られることになる。馴染み始めた矢先に事件がおこり、おとみは藍千堂へ逃げ込んだ!?
た-98-5

千野隆司
朝比奈凜之助捕物暦
南町奉行所定町廻り同心・朝比奈凜之助。剣の腕は立つが、どこか頼りない若者に与えられた殺しの探索。幼い子を残し賊に殺された男の無念を晴らせ！　新シリーズ、第一弾。
ち-10-6

千野隆司
朝比奈凜之助捕物暦
駆け落ち無情
若い男女の駆け落ち、強盗事件、付火と焼死体。同日に起こった三つの難事件はやがて複雑な繋がりをみせて……。新米同心・凜之助が辿り着く悲しき事件の真相は？　シリーズ第二弾。
ち-10-7